走不出的學校 上

百無禁忌——著
SIBYL ——繪圖

代序

全新的表達方式

「網絡」成為人類生活的重要內容的同時，衍生了網絡文學，這是全新的文學形式，標志著全新文學時代的開始。活躍在這全新領域中的作者，絕大多數是年輕人。百無禁忌，開始寫作時還是少年，在網絡小說領域中，昂然起立。他的作品想象力奇麗，跳躍，滿是年輕人的活潑，揚溢青春期的熱情。近作《走不出的學校》更達到了一個新的可讀性高度，十分難得。

百無禁忌的作品蘊有隱喻性，本書的故事是說一群找不到出路（真的找不到出路）的學生，總覺得找不到出路的何止是他們：整個人類的出路又在哪裡？

好的小說，總能使讀者浮想聯翩的。

倪匡

二〇一四、八、八　香港

資料 A

經過技術人員搶救以後，唯一一段尋獲，並相信是截自五樓閉路電視某段時間的視訊，以下為其文字記錄。

—記錄開始—

（鏡頭上出現了兩名男教師，以及一名女學生，其中一名男人握著刀。根據學校網站所示，兩名老師均於校內任教，由於隱私問題，老師的身分只會以姓氏表示。）

古老師：她只是……一名學生而已。

關老師：她剛剛才驅使我們其中一名老師自殺，你也看到的。

（影像中的女學生後退了數步，並從懷中取出另一把刀來，指向兩名老師。）

女學生：放我走！你們……你們全都忘記了！

（關老師衝上前並斬傷了女學生，女學生在混亂之中逃離。）

古老師：關老師，停下來！你到底在幹什麼啊！

關老師：給我通知全校老師，全力搜索這個人，並且殺了她。

古老師（語氣變得平靜）：遵照辦理，我們的王。

—記錄結束—

01

八百九十八名學生在操場上集合列隊，等待著輔導主任的到來。

已經是同一天的第二次了，而且都是在三十分鐘內發生的，火警鐘聲還是義無反顧地一再響起，令原本已經失序的上午課堂再度被打亂。

「到底是誰幹的？」我不禁轉頭問站在我身後的豬朋狗友黃俊傑。

「好像是某個學生打破了火警鐘，其實詳細情形我也不太清楚，不過如果一次還說得過去，兩次都是同一個人破壞，那就有點奇怪了……」黃俊傑道。

身為校內消息最靈通的人，黃俊傑事實上既不俊也不傑，不過朋友圈可比我這個獨行俠來得廣，這也是我選擇找他問問題的原因。

「她是故意的。」另一個我記不住名字的人在身旁道，「還大聲嚷著要大家離開這裡……這也是我剛剛聽到的，看來有人很想提早放假啊。」

說到這裡，附近幾個人也跟著笑了起來。

「各位同學早安。」雷主任一上台說話，操場上隨即安靜下來。

「我們知道同學在一個小時前，已經在同樣的地方集合過了，那時候我跟大家解釋過，只是火警鐘不小心被正在上體育課的同學破壞而已；但這一次，我們找到了真正的原因。」

「有一位同學，屢次嘗試打破學校所有的火警鐘，以擾亂學校的秩序——我們已經找到了那位同學，並將其安置到教師休息室裡，希望可以找到她這樣做的動機。」

雷主任說到這裡，操場上的雜音又一次死灰復燃。

「安靜！」雷主任清了下喉嚨，制止了場上的眾人，「我們已經浪費了太多的時間，現在，大家依序回到教室裡去吧。」

* * *

「啪啪啪啪啪啪……」

會發出這種奇異的聲音，是因為班上有某個學生正被大家當成皮球一樣踢著。

四個學生將他逼向牆角，並從各個不同的方向毆打，對於這種情況，周圍的人早已見怪不怪，我則坐在一旁靜靜地看著。

被毆打的那傢伙叫楊充倫，簡單來說，就是我們班級地位最低的一人，本來和我一樣，也屬於獨來獨往的那種類型，但或許樣子看起來比較好欺負的關係，從學期開始他就被其他人盯上了，以至於到現在仍然沒有脫離被欺凌的命運。

可能是下課時間快結束了，也可能是他們已經踢累了，總之，他們慢慢停止了腿上的動作。

「來！今天我請客！」領頭的人豪邁地大叫一聲，身旁的人便隨他離去。

楊充倫低著頭狼狽地站了起來，整理一下自己的衣物以後，便回到自己的位子上坐下。和往常一樣，沒有反抗，也沒有找任何人幫忙，就這樣默默地承受一切。

「喂。」突然，有人在身後推了我一下。

失去重心，我不禁踉蹌了幾步，然後轉頭瞪向那個人——也就是黃俊傑本人。

「你不覺得今天霧特別大嗎？」他說完，指向窗口那邊一片白茫茫的景色。

「那又如何？」我冷冷地道，跟著黃俊傑手所指的方向望過去，卻發現今天的天氣的確有點奇怪。

往常，不，應該說今天早上還能清楚看到外頭大廈的外窗，現在卻連五米內的那條馬路也消失不見了，就像被濃煙重重包圍住一樣。

我們學校位於半山腰，平常都要從一條斜路走十五分鐘才能到達，附近除了我們學校以外連一座建築物也沒有，唯一能看見的就只有學校後面那一大片樹林而已，可以說是人跡稀少，除了學生以外，根本不會有其他人來這裡。

可是現在，就連那片樹林也消失不見了。

毫無人煙又白霧重重，使學校的氛圍變得詭異起來。

「網路連線中斷？這是怎麼回事？」坐在電腦前的學生叫道。

＊　＊　＊

「大家有沒有看到何卓鴻他們？」午飯之前的最後一堂課，進來的老師看到桌前空著的三個位置，隨即問道。

教室內頓時一片死寂，竟然沒有人能回答老師的問題。

「我……好像看到他們往學校門口的方向走去了。」最後，一名女同學秀氣地說道。由於她聲音太小的關係，我得聚精會神才能聽見她在說什麼，真奇怪，平常她說話可是大聲得誰都聽見的。

「是嗎？算了，我們開始上課吧，等他們回來再說。」老師嘆了一口氣，似乎是不想得罪領頭者何卓鴻身後的父親，作為一名有權有勢的上流人士，校內很多設施都是何卓鴻父親捐錢建設的，因此學校誰也不太想得罪他的兒子，這也是為什麼何卓鴻到現在仍能率領著一群人到處霸凌的原因。

02

話雖如此，即使囂張如他，也不可能做出這種完全挑戰學校的行為，這使得眾人開始討論起來。

「……反正，還有十五分鐘就下課了，老師會在這之後找到何卓鴻他們，大家稍安勿躁。」老師道，語氣聽起來好像何卓鴻他們只是迷了路一樣，絲毫沒有責怪的打算，或者說，根本不敢去責怪他們。

我看著時鐘，默默地在心裡倒數著。

十五分鐘。

十分鐘。

五分鐘。

在完全無視老師上課的情形下，我又一次快速地「跳過」了一課堂的時間，這也是打從我上學以來，其中一項引以為傲的特技。

「好吧，我們下課。」老師跟我們道別以後，就匆匆地走出了教室外，去尋找這些人的蹤影，對他來說，找回何卓鴻比任何事情更加重要。

我看了看掛在牆上的時鐘，午飯時間要開始了。

所有學生各自三五成群，準備到校門口拿外送的食物，或是外出吃飯，我自己則有如往常一樣，獨自一人出去。

走到校門口時，我發現這些平常很早就能拿到便當的人，卻仍然待在同一個地方。接近五十多名學生在充斥濃厚白霧的校門旁等候著。

「發生了什麼事？」我不禁上前問道。

「那些人還沒有來。」其中一人憂心忡忡地回答。「我們已經站在這裡等了十多分鐘了，還沒有看見任何一個人的蹤影。」

「那不是很平常嗎？」我問道。

「光是一家餐廳當然很平常，但我們這裡的人叫的可是來自不同餐廳的外送。」那人回答。「而那些人一個也沒有來。」

我再次望向外頭，望向那根本看不到任何事物的遠方。

「也許是今天天氣太惡劣了。」我只能這樣安慰他，說完便開始往外走，「祝你們好運，如果再等不到，還是像我一樣，走到外頭吃飯吧。」

我離開學校，開始思考今天該去什麼地方才好，果然，照今天的心情，還是去快餐店比較適合啊。

以這種毫無理性考慮的想法做出決定的我，開始以平常的思維，朝著腦海中所記憶的快餐店路線走去。

然而，問題很快就出現了。

我發現，距離學校越遠，能辨認的東西也開始變得越少。

由最初能看到山邊的樹林，到中期只能看到附近數步的馬路，直到現在，我正站在一團完全無法分辨方位的巨大霧氣裡頭。

不僅前方的路，連回去的路也看不清楚。

「這……」我苦笑起來，「看來午餐是吃不成了。」

能說出這種話，不代表現在的我非常鎮定——事實上，我已經被眼前的狀況嚇得連飯也沒有心情吃了。

沒有行人，沒有來回的巴士，事實上，我連自己現在是否站在人行道上也不太清楚。

今天看到的怪事實在是太多了，現在我只想盡快回到學校，找個能夠理解中文的人，告訴他我在外頭遭遇到的事。

我想著，決定就這樣回頭，朝學校的方向走回去——雖然，沒有確實的對照物，我連自己是否能做到真正的「回頭」也不清楚，而這種感覺，亦開始令我感到呼吸困難起來。

在回去的路上，我看到了三個黑影。

「是你們？」接近他們以後，我發現那三人正是何卓鴻和他的兩個跟班。

「對，是我們。」何卓鴻絲毫沒有平常的氣焰，只是不安地大叫：「你他媽的有看到外頭的情形嗎？我們想到外頭的便利商店買東西，卻發現什麼也看不見！」

「我他媽當然有看到。」我模仿他的語氣回答，「所以我才決定回到學校去，午飯時間已經開始了，我看今天還是回學校的販賣部買午餐比較好。」

「我也同意。」何卓鴻點頭，他身後的兩名跟班也跟著附和。「我記得，往這個方向可以回到學校去，我們快走吧。」

「你確定？」我猶豫地問道，「我剛剛就是從那個方向過來的，但你現在走的方向剛好和我走的是完全不同的方向。」

「那肯定是你眼睛有問題。」何卓鴻稍微恢復了他平常那種不可一世的說話態度，「我很肯定，只有那條路才是回去的路。」

「既然這樣，那你就走你的路吧，我還是比較信任自己的記憶。」我咬咬牙，決定轉頭走自己的回校路線，雖說我現在很想找個同路人作伴，但怎麼說也絕不會是何卓鴻這樣的人。

更何況，記憶中我真的沒有走到多遠的地方去。

——聽起來還真是可笑，明明已經走了好幾年，但現在我們卻說得好像是第一次到這個地方來一樣。

「那也好，待會兒迷路的時候記得大聲求救，我會考慮回來找你的。」何卓鴻和那兩個人冷笑起來，然後接著走回他們剛剛走的路去。

03

這一次，我花了多一倍的時間，才成功地回到校門的位置。

不知為何，那些原本站在校門口等著拿外送食物的人都已經離開了，整個校門口空蕩蕩的，四下無人。

「不知道何卓鴻那傢伙死了沒……」我趁機酸了他一下，然後快步走進了學校。

回到學校以後，才一走進操場，就發現很多的學生都擠在販賣部前排隊買東西，那人數甚至有覆蓋掉整個操場的趨勢。

「不要再排了！所有的食物都已經賣光了！」很快地，販賣部的人就走了出來跟正在排隊的眾人說道。眾人聽完也立刻騷動起來。

「怎麼了？先不說高年級的學生，低年級的不是還有午餐廠商供應的便當嗎？怎麼也跑到這裡來買東西了？」我看向販賣部的人海，已經打消了靠近的念頭，也因而感到不滿起來。

「你有跑到外頭看外面的情況嗎？」其中一名中一學生轉頭道，「你認為那些午餐廠商會來？」

我聽完隨即苦笑起來。

「那些人不會來，那我們該怎麼辦？挨餓嗎？」身旁另一名中一學生問道，似乎是那人的好友。

「就當作是減肥吧，反正只要放學就沒事了。」那人理所當然地回答，「不過這裡的訊號可是一如以往的差勁啊，特別是今天，剛剛手機連一格訊號也沒有。」

「對啊，好像連網路也出問題了，真不知道怎麼搞的……」

我聽著兩人的對話，緩緩離開了吵鬧的操場。

此刻，那白霧甚至擴散到學校的內部來了，我才走到樓梯口的位置，就已經看不到這些中一學生的模樣，雖然還能聽見他們的聲音。

總覺得，事情不會在我們放學後結束。

我拚命拋開腦海裡的念頭，並回到班上，這裡有一台電腦，也許可以瀏覽即時新聞，看看這個地方到底發生了什麼事。

當我才回到教室，就看到一群人圍在電腦桌前。

「你回來就好，你不是很擅長修電腦的嗎？我們的電腦上不了網。」一直在角落瞪著教室門口的黃俊傑大叫道，「已經換過好幾個人嘗試了，什麼進展也沒有。」

其他人聽到黃俊傑的話，也跟著望向我的方向。

「唉，也只有在這種時候，我才會特別受人注目。」我低聲道，嘆了一口氣，並上前看看電腦到底怎麼樣了。

原本圍在電腦旁的人也跟著退開，為我挪出了一個空位。

「讓我看看……」我走近電腦，開始進行一系列的例行檢查，通常學校的電腦故障不外乎那幾個原因，就是線鬆掉、外部問題之類的。

「……不是電腦的問題，是學校網路的問題。」檢查了一會兒後，我發現問題根源不在我們的電腦上，「如果要問的話，應該到三樓的電腦室去問問那些工作人員。」

「所以說，你這人真是一點用也沒有！」這時候，何卓鴻突然出現，並在一旁嘲笑道，「連唯一突顯自己存在價值的事情也做不好！」

「你竟然回來了？」我有些驚訝，「你不是走了另一條路嗎？我以為你應該回不到這裡才是。」

「這才是我們要說的話。」何卓鴻的其中一名跟班說道，「幸好你還懂得懸崖勒馬，在最後關頭偷偷跟在我們後頭，才不至於迷路。」

「誰跟在你們後頭了！」我憤怒地道，「我明明是走自己的路回來的，不可能走在你們的附近！」

「算了吧，別在這種無聊的事情上爭執。」黃俊傑上前拉開我。原本圍在電腦桌前的學生也四散而去，恢復平常的狀態，各自圍成自己的小圈子，當然，整個班級也充斥著平常所沒有的，凝重氣氛。

「……那我去電腦室去問問那些人，看看到底發生了什麼事情吧。」我在心情平復後道，「反正我和他們比較熟，也能套出更多話來。」

「那最好。」黃俊傑道，「你快去吧，我們等你的好消息。」

「……這裡沒有人在等『我』的消息。」我環顧了周圍的情況以後，自嘲道。

說完，我就離開了教室，朝三樓的方向走去。

此刻，就連走廊的能見度也變得很低，平常會到外頭看風景的人也消失不見了，或許是因為所有人都在害怕這股霧氣的關係。

突然，前方有一道黑影掠過我的左方，並撞到了我的左臂。

我冷不防被這股突如其來的衝力所擊倒，在暈眩了好一陣子後，才看清楚在我懷裡的，到底是什麼東西。

那是一名少女——正確來說，是那個兩次打破火警鐘，並被校方捉住的學生。

04

「這、這……」感受著柔軟的觸感，導致我呆坐在地上不知該做什麼反應。

在恢復過來以後，她凝視了我一會兒，然後，就立刻站起來遠離我，並朝著另一處的教室跑去。

「果然，突如其來的幸福都是短暫的。」我站起來拍拍身子，在看不見那人的身影後嘆一口氣道，繼續朝電腦室的方向走去。

雖然，對於她急促的舉動實在是有點在意——心裡彷彿有什麼正在忐忑著，就像我剛剛錯過了些什麼重要的事情一樣。

……可是，為什麼我會這樣想？

在思考的過程中，我也已經站在電腦室前，並打開門走了進去。

「你來了就好，這裡已經亂成一團了！」負責管理這裡的阿源毫不在乎我來的目的，在我靠近的時候已經塞了一大堆東西給我，「把這些東西搬到那邊的垃圾箱去，如果裡頭有什麼重要文件的話記得拿回來！」

「怎麼偏偏挑這個時間才在收拾這裡？」我不禁問道，「難道你不知道外頭發生了什麼事嗎？」

「就是知道外頭的事才開始大掃除！」阿源道，又把一堆廢紙放到我的手上，「如果不設法把東西搬走的話，我就沒辦法詳細檢查網路到底出現什麼問題了！」

「也就是說，你已經開始檢查，卻找不到連線中斷的原因？」我看也沒看就把所有文件都扔到垃圾筒裡，反正他弄丟了重要文件也是他的事，與我無關。

「沒錯，所以我要徹底地把所有東西重新檢查一遍！」阿源說完，把最後一堆垃圾放在一旁，「反正，也可以稍微改善一下我的工作環境，何樂而不為？」

「那你最好快一點。」我看著窗外的景色道，「不然的話，我想全校的老師都會湧到你的小天地裡找你麻煩。」

「你先到外頭等等吧，我想沒三十分鐘也得不出結果。」阿源把我請出了電腦室，「不過，我想原因根本就不是電腦網路的問題，應該是別的原因。」

「為什麼？」我問道。

「因為連手機也收不到任何訊號，更不用說網路服務了。」直到這個時候，阿源才說出了最關鍵的情報，「學校的電腦應該沒有出問題，是我們這個地方出問題了。」

「所以你這混蛋讓我打掃的原因，純粹只是找個人替你清理一下座位而已？」我覺得受騙了，「那還真是謝謝你啊！」

說完這句話以後，我就頭也不回地離開了電腦室。

「記得替我向其他的老師問好。」阿源在看見我關上門以前說道。

＊　＊　＊

「基本上，大概就是這樣一回事。」我在回到教室後，告訴黃俊傑我所聽到的內容。

「這個地方到底發生了什麼……」黃俊傑吸了一口涼氣，又突然想到一件事。
「對了！四樓走廊那裡不是還有一台電視嗎？」黃俊傑道，「雖然已經很久沒有打開來用過了……我們去那裡打開那台電視看看如何？」
「什麼電視機？喔，我想起來了！你不說的話，我也不記得那裡的確有一台這樣的玩意兒。」我道，「不過，那東西已經舊得連能不能打開也不知道……」
雖然這樣說，我還是跟著黃俊傑再一次走了出去。
但當我們走到四樓的時候，卻發現那台電視已經消失不見了。
「難道說有人搬走它了？」我猜測道。
「我想應該不會……我記得這台電視是釘死在牆壁上的。」黃俊傑否定了我的猜測，「除非有人擁有連釘子痕跡都能抹去的技術，讓這台電視完全從這個地方消失，不然不可能會發生這樣的事。」
如果是平常的話，即使是這種小事，也一定會引來不少人大肆討論，把它列作校園傳說之類的……搞不好可以成為另一項都市傳說？
但在這種狀況下，根本就不會有人理會電視機消失這種可有可無的事情。
上課的鐘聲已經響起了。
「怎麼辦？回去嗎？」我問道。
「也只能回去了，老師應該會宣布些什麼才是。」黃俊傑道。

我們很快就回到了位於二樓的教室。在回到教室的時候，可以聽到周遭的人都在討論些什麼。

「喂，你知道其中一名老師由天台往外頭跳下去的那件事嗎？」其中一人走近黃俊傑問道。

「什麼？」我和黃俊傑都驚訝地說道。

「其實校方還沒有正式公布，只是我們當中有人看到而已，就是郭珊珊啊。」那人說出了我們班頭號女神的名字，「她現在正在哭，身旁有許多男同學安慰她呢。」

05

郭珊珊似乎被嚇壞了，以至於她仍然在哭。

我們走近郭珊珊的時候，她身旁數名親衛隊員立刻衝了上來，問我們過來幹什麼。

「我們只是想知道到底發生了什麼事而已。」黃俊傑有些無奈地道。

「我來告訴你們吧。」我們都認得這個人，正如同鮮花需要綠葉陪襯一樣，女神身邊都需要一個其貌不揚的女孩。

「那最好。」現在並不是我到處提升女性好感度的時候，所以誰來告訴我們都一樣。

「珊珊她剛才到五樓把我們的作業放在老師置物架的時候，就看到一群老師聚集在天台上，勸說著那名老師不要跳下去。」那個名叫陳月玟的女神陪襯品說道。

「可是……那名老師說著說著，還是跳下去了，在跳下去之前還說了一句話，大聲得遠在那裡的郭珊珊也聽得見。」

「他說……那名女同學說得一點也沒有錯，如果我們早點打破火警鐘的話，就用不著變成現在這樣了。」

我愣了愣，連忙想起剛剛撞倒自己的那個人。

「這麼說，就是她慫恿老師自殺的囉？」黃俊傑想了一會兒以後道。

「……應該可以這樣說。」陳月玟道，「聽說那女孩已經逃跑了，不知道現在藏在什麼地方。」

「她跑不了多遠的，老師已經把學校大門鎖上了。」親衛隊員們道，「敢把郭珊珊弄哭的人，一定要付出代價！」

這個時候，老師也來了，大家見狀，便各自回到自己的座位上。

「……相信各位同學可能聽說了，今天有老師從天台墜下的事情。」我們的班導師，也是這堂的國文老師古老師說道，「我們已經叫了救護車，所以大家可以不用擔心。」

「……會有救護車來嗎？」

其中一人這樣問，教室內立即陷入死寂。

「總之，我們必須繼續上課，請同學打開自己的課本到第一百零二頁。」古老師這番話，更像在對自己說，而不是對我們。

我閉上眼睛，再度開啟了快轉模式。

很快，當我恢復意識的時候，已經到了下課的時間。

「好餓啊……剛剛都買不到任何能吃的東西，我不管了，待會兒一定要掃光整個商場！」聽到下課鐘聲的時候，黃俊傑大叫道，並轉頭問我，「你這小子應該是一如以往的自己回家吧？」

「當然了，再見。」

我默默地收拾東西，然後朝著校門的方向走去。

誰知道，在走到校門口的時候，卻發現大門正被其他老師看守著。

「你們還不能離開這裡。」站在最前頭的雷主任道，「因為一些事情，我們現在封鎖了整間學校，直到那件事結束以前，學校大門都要關上。」

「這是違反香港法律的！」一名中一生大叫道，但在雷主任瞪了他一眼以後，就嚇得再也沒有說話了。

也許是害怕惹上麻煩，所有人都只是敢怒不敢言，只能在一旁等待著。

「唉。」我回到操場旁販賣部的座位坐下來，他所說的「一些事情」，指的應該就是那女孩仍然在逃的事情吧。

如此一來，也只能等他們找到那女孩，然後重新開放大門了。

我看見阿源從濃厚的白霧中穿出來，然後跟我打招呼。

「找到了那女孩沒有？」我問阿源。

「還沒有，雖然可以確定她走不出這裡，但這些霧氣倒成了掩護她的最佳方式。」阿源道，「總之，你們沒有等兩三個小時是走不了的。」

「那救護車呢？那個老師又怎麼樣了？」我繼續追問。

「在那名老師跳下去以後，我們其實已經派了好幾個人去搜索他了。」阿源的聲音逐漸變小，「但我們找不到老師，連屍體也找不到。」

我感覺周遭的氣溫也隨著阿源的話下降了好幾度。

「這鬼地方。」我看著販賣部的天花板罵道。

「對，這鬼地方。」阿源道。

＊　＊　＊

回到教室，我發現大部分的班上同學仍然逗留著。

「走不了？」我問他們。

「廢話。」何卓鴻回答道。

我回到自己的座位上，想重新進入快轉模式，卻發現總是有種不自在的感覺。

怎麼回事？事實上，這種感覺從剛剛國文課開始的時候就已經出現了，但那時候古怪的事情實在太多，所以沒有特別留意。

現在，我幾乎可以肯定，我的身上多了點什麼東西。

我取出了那張塞在我褲子口袋裡的紙條。

「到我這裡來，我躲在四樓美術教室內。」

雖然已經不記得，我是怎麼樣知道這個人的名字的。

但我還是想起來了，那個打破火警鐘、讓老師自殺、到目前仍然在逃的女孩的姓名。

潘菁妍。

就在剛剛跌倒的時候。

06

我按照紙條上的指示，走到四樓的美術教室。

我們學校的美術教室位於學校最偏僻的地方，所以除非那天有補課，不然放學後根本就不會有人去那裡。

挑選這種地方作為藏身點，真是一個再合適也不過的地方了，我想著。

我嘗試打開美術教室的門，門罕見地沒有鎖上，我就這樣走進了美術教室。

不過，我真的要就這樣走進去嗎？

我想起了那名跳樓自殺的老師。

那個女孩寫紙條把我叫來這裡，絕不會是因為喜歡上我，這種比太陽從西邊升起的機率還要低的原因。

那麼，到底是為了什麼？

我開始朝四周張望，看看有什麼地方可以供一個人躲起來。

「快出來吧，我不喜歡玩躲貓貓。」只是，找了很久都徒勞無功，我只能大叫起來。

潘菁妍從角落的一個紙箱裡鑽出了半個身子，那是一個裝滿頭飾的箱子，她伸出頭來的時候，頭上也跟著多了個貓耳頭飾。

「……」我冷眼望向這位看起來不知是搞笑還是滑稽的女孩。

「你好。」把頭飾脫下後，潘菁妍從箱子裡走了出來，對著我點了點頭，「我叫潘菁妍，是中四丁班的學生。」（編註：香港中學分為六個年級，四至六年級即等於台灣的高中一至三年級。）

潘菁妍說完，走到美術教室門前，不知道在做什麼。

「亦穎常，中六甲班。」我也簡短地介紹了自己。「為什麼要把我叫來？」

「我……」潘菁妍只說出了一個字，又沉默下來。

「可不可以再說一遍？」我還以為是自己不注意沒聽到她的話，所以問道。

「對不起，可是我忘記了。」綁著馬尾的女孩用力搖搖頭，眼帶淚光地道，「但我覺得一定要把你叫來這裡……所以寫了紙條，在逃跑途中找到你，把你叫來美術教室。」

什麼？

我不禁頭痛起來。

「那……妳可不可以慢慢地回想起來？」我只能這樣說道，「因為，如果我什麼也不知道的話……」

「對不起……我只記得，必須這樣做，我以為當你過來這裡的時候，我就會想起什麼的……」潘菁妍略帶歉意地道，「可是，還是想不出什麼來。」

「那麼……」我只好換個話題，「妳為什麼要把火警鐘打破，還讓那個老師從這裡跳下去？妳知道全校的老師都在找妳嗎？」

「我知道，我沒想到那名老師聽到我的話以後會有這麼大的反應，但我並不是故意這樣做的。」潘菁妍道，「如果我不離開的話，那麼你——」

「妳到底說了什麼？」我問道。但在這之前，她就衝向我，並把我壓在牆上。

「時間不多了！」潘菁妍焦急地道。

我這才發現，脖子突然感受到的寒意不是風。

而是刀刃。

「你可不可以……就這樣死掉？」

此刻，潘菁妍正拿著一把大概是從家政教室拿來的菜刀。

「妳……妳想做什麼？」我慌了起來，連忙問道，「為什麼想要我死？我們在五秒鐘以前不是還談得好好的嗎？」

「對不起……沒有時間解釋了！」潘菁妍哭了起來，「我自己也不記得為什麼……但我想，只有這樣做才行！」

無論從哪個方面來看，這個人就是徹底地發瘋了。

只能反抗了。

在做出決定以後，我雙手推開潘菁妍，並朝著美術教室的門跑去。

我想打開門離開，卻發現門已經鎖上了。

「沒有用的。」潘菁妍在我身後淡淡地道，「我已經把門鎖起來了，這裡誰也不准走進來，誰也不准走出去。」

「嘖。」我冷笑起來，「如果妳在沒有拿著刀的情況下說出這句話，我或許會臉紅心跳之類的。」

「……接招吧！」潘菁妍說完就衝到我的面前，揮刀斬來。

誰都不會愚蠢到在手無寸鐵的情況下硬接刀刃，我側身閃過潘菁妍的斬擊，想藉機衝到最前方的櫃子去拿點什麼能當作攻擊用途的東西。

然而，潘菁妍在我衝過她的時候一手捉住我，把我拉回她的身旁去。

順著這股拉力，我很可能會就這樣撞在潘菁妍的刀上，變成了人肉串燒。

我當然不想見到這樣的事情發生。

在她的刀幾乎要碰到我的腰部時，我眼明手快地抓起美術教室的木製人偶，用它擋住了潘菁妍的刀刺。

「你知道這人偶有多貴嗎？」潘菁妍有些憤怒地說道。

「妳的意思是，我的人命比這玩意兒還不值錢？」我回喊道，再一次脫離了她的攻擊範圍。

07

我眼睛掃過整個桌子上的東西，並快速地取得了目前最適合戰鬥的「武器」。

就是那根不知道為何橫放在桌子上的掃把。
我握著掃把柄，一手把它的頭拔掉，由於學校的東西大都非常老舊，掃把頭很輕易地就被拔掉了，成為一根單純的長木棒。
雖然這武器不適合傷人，但由於掃把比菜刀長的關係，我還是可以從這場戰鬥中取得距離上的優勢。
自然，對手不可能會給我太多的時間做準備。
在我拆掉掃把頭的時候，潘菁妍也已經朝著我的頭顱一刀砍來。
我雙手握緊木棒，擋住了潘菁妍由上往下的斬擊——還好掃把柄沒有老舊到一擊就被斬斷。
潘菁妍再次想要斬向我，快要斬到我身上的時候，卻遲疑了一會兒，雙眼充滿著不忍的神色。
「……不、不行！」潘菁妍重新振作起來，「你一定要在這個地方死掉才行！」
我趁著潘菁妍停頓下來的空隙，迅速地拿起木棒，就朝著潘菁妍的右手打去！
潘菁妍的右手被木棒打中以後，手部力道一放鬆，菜刀便掉落在附近的地板上。
潘菁妍立刻衝向前並彎下身子，想要把那把菜刀拿回來，但在這之前，我已經踩住了菜刀的刀柄，把它掃到後面去。
「勝負已分。」我握住木棒指向潘菁妍，「放棄吧，妳殺不了任何人的。」

「可是……」潘菁妍還是像剛才一樣淚汪汪的，「如果……如果我做不到的話……」

「我會把妳關在這裡，並通知老師前來。」我冷靜地道，「本來我還想聽妳到底和那名老師說了什麼，再決定是否要通知老師妳在這裡的……但我想現在沒有這樣做的必要了——」

誰知道，聽到這句話以後的潘菁妍，卻突然發難，推開我後，衝向美術教室的窗口跳了下去。

「笨蛋，妳知道這個地方離地面有多高嗎？」我憤怒地叫起來。

我跑到窗前張望，果然無法看見她的身影，甚至連墜落的聲音也聽不到。

「跳下去肯定會受傷的……」

為什麼？

明明這個人剛剛還想殺我。

但看到她墜下的樣子，我竟不自覺地擔憂起來了。

＊　＊　＊

花了三十分鐘的時間，我終於從美術教室裡找到了備用鑰匙，才能打開大門離開。

回到教室的時候，我找到黃俊傑，並告訴他我和潘菁妍搏鬥的經過。

當然，我沒有告訴他我是因為那張紙條才過去的。

「……沒想到她竟然連人都開始殺了……」黃俊傑有些難以置信道，「是受到這些濃霧的影響才變成那樣的嗎……真可怕啊。」

「我已經把她的武器打掉了，加上她這樣跳下去肯定會受傷，應該很難再傷害什麼人。」我道，「這樣應該沒有問題了吧。」

「但願如此。」黃俊傑喃喃道。

我跑到學校大門口，把我遭遇到潘菁妍並打起來的事情告訴雷主任。

「她竟然以這種方式離開學校……該死，沒想到她會瘋狂到這樣的程度。」雷主任道，「既然如此，把大門打開吧——確認那女孩離開的話，那我們也沒有必要再封鎖學校了。」

校門打開，原本正在等待放學的學生們立刻衝了出去。

「我們會到最近的警察局報案……」雷主任道，「謝謝你過來通知我們。」

「沒什麼。」我說完，突然又想起了一個問題，於是問道，「可是……你們為什麼要到那裡報案？應該說，在封鎖這裡以後打電話報警不就行了嗎？」

雷主任對著我苦笑了一下，然後就離去，我這才意識到自己問了個非常愚蠢的問題。

這裡根本收不到任何的訊號，要如何打電話報警？

我背起書包，立刻朝回家的方向走，今天實在發生了太多事情了，導致我現在只想就這樣回去。

只要回到家裡，我就可以重新回到悠閒的生活，想睡就睡，想上網就上網，完全不需要顧慮周遭的事情。

沒錯，只要回到家裡就行了。

抱持著這樣的想法，我穿越重重白霧並朝著家的方向前進。

然而，一開始還挺順利的，但到了後來，因為霧已經把所有事物完全覆蓋掉的關係，使得我開始無法辨認自己走的方向。

但我還是不死心地走著，只要往同一個方向走，總可以找到點什麼吧——雖然這也只是自欺欺人而已。

事實上，不論是這些老師，還是我們，都非常清楚一個事實。

周圍的大廈道路都變成了連串的白霧，而我們唯一能看清楚、能到達的地方，就只有我們的學校而已。

直到看見它為止，我和一名剛好也接近這座建築物的學生同時看得呆了。

即使霧再濃，我也非常肯定，我走的是直線，從來沒有回頭過。

然而，我還是回到學校來了。

眼前這座建築物的外表，都無一不在訴說著這個事實。

「……發生了什麼事，這不可能！」和我一樣有著相同遭遇的人，都難以置信地叫道，「我非常肯定，我走的是直路，不可能會回到這個地方來的！」

「我也是相同的遭遇。」我不知道現在該做出什麼表情。

「你不明白，我走的是真正的直路！」那人仔細地把他原本應該要走的路線說出來，

「從這裡走出去是一條大馬路，然後有一座行人天橋……巴士總站就在小路的盡頭，在這裡，我只要搭乘——」

「不要再說了！我在這裡讀了六年，比誰都更清楚這裡的路！」我被他的話也弄得神經緊張起來，只能對著他怒吼，「你他媽的再在這裡說廢話，我就把你的雙腿打斷！這樣你就不需要回家了！」

說完，包括他在內，就連我也被自己的話嚇了一跳——我從來沒想過自己會對別人說出這樣的話來，彷彿這場白霧會改變每一個人的思維模式一樣。

或者說，是因為自身的恐懼感，而使自己做出了這樣的舉動。

無論如何，我決定再一次轉頭回去，這次，我打算完全不靠記憶認路，只是單純地

朝同一個方向走著。

為了避免自己走偏，我甚至打開手機的指南針，確保自己是以不變的方向前進。

在路上，我竟發現了同班的同學。

「是你？」我看著楊充倫——那名受欺凌的學生問道，「你的家不是應該在相反方向的嗎？為什麼還會來這個地方？」

「你認為，現在的路還會有所謂的相反不相反嗎？」楊充倫沒好氣地說道，語氣比以前有力了許多，看來只有不再遭受欺凌的時候，他才會露出那種正常待人的態度來。「我只是在試著走直線，看看能不能走到一個能看到霧以外的地方去。」

我聽了，就拿出那個指南針給他看，「那好，既然我們有著同樣的目的，不妨就一起走吧，路上也多個照應。」

楊充倫看著我，眼珠來回地轉動著，他停頓了很久才做出反應。

「哦，好吧。」

「那我們就一起走。」我說完，再次朝著同一個方向走去。

「……你認為，到底發生了什麼事？」在路途上，我們一直沉默著，為了避免尷尬，我決定開始和他聊天。

「什麼發生了什麼事？」他問道。

「當然是指我們現在站著的地方，到底發生了什麼事。」我望向四周說道，「整個地方都充斥著濃霧，周圍的東西都不見了，而我們現在就站在這些成分不明的霧之中。」

「我不知道。」楊充倫搖了搖頭，「我只知道，肯定不會是因為香港空氣污染太嚴重的關係。」

「你也有你的道理。」我白了他一眼以後道，「老實說，你記得這些霧是從什麼時候開始出現的嗎？」

問這個問題的原因，是因為當我嘗試回憶今天所發生的事情的時候，卻總是記不起午飯前那一堂課之前的情形——準確來說，應該是非常模糊。

我只記得，主任把我們集中到操場去，並告訴我們潘菁妍兩次打破了火警鐘，害得警報系統不斷誤報——而兩次警報是在什麼時候出現的，我卻出乎意料地忘了。

正常來說，這樣特殊的記憶，應該不會在一天以內就消失不見才是。

但是，兩次火警鐘響就和其他的課堂一樣，好像是一年前的經歷，而不是今天所發生的事情。

「……我也不知道，我忘記了。」現在，楊充倫也和我有著同樣的反應，「最前一次能記住的，就只有雷主任把我們聚集起來，告訴我們有人打破火警鐘這件事而已……」

聽到這裡，我不禁打了個寒顫。

和我的遭遇，一、模、一、樣。

「你是認真的？」雖然如此，為了避免聽錯，我還是決定再次確認。「這天過得這麼特別，很可能就是我們一年裡最深刻的記憶了，即使如此，你還是忘記了詳細情形？」

「沒錯，我也不知道為什麼。」楊充倫道，「雖然有很模糊的印象，知道的確有人打破了火警鐘，的確有人被捉住了，的確上了今天的課，但還是無法想起確切的情形。」

「老實說，我也是這樣。」聽完，我也只能拍拍他的肩膀，「所以不用害怕，我想不只我們，大概所有的人都有著這樣的情況。」

楊充倫望向我拍著他的手，似乎正在想什麼。

突然，他抬起頭來，指著一個方向，有些無力地道。

「失敗了。」

我望向他所指的方向，又一次的，出現了學校的模樣。

「看來，我們的老師，真的非常希望我們回校補課啊。」

事到如今，我也只能這樣解釋這個現象了。

09

最後，我們還是選擇了妥協——決定先回到學校裡頭，之後再看看有沒有離開校園的方法。

誰知道，在進入學校以後，卻發現還有很多人在這裡。當然，我想我們都知道原因。

「你們也走不出這個鬼地方嗎？」阿源問我，「這下真好，我不用下班了，不知道這樣能不能加薪？」

「果然，每個人都困在這裡了。」看著販賣部以及操場上聚集的人，我說道，「我們班的人呢？不知道他們有沒有回來？」

「有啊，都有回來，就在那裡。」楊充倫指了指遠處的人群，我望向操場的角落，這才發現所有人都正在這裡待著。

所有人都面如死灰，看著我們一步步地走近他們。

「你們……都已經經歷過了嗎？」黃俊傑見我走來就問道。

「都經歷過了。」我也不敢再把那過程說出來，既然大家都知道我們在講什麼，就沒有這樣做的必要了。

「那不可能……你們有試過只往同一個方向跑嗎？」黃俊傑道。

「試過了，不要再說了。」我揮手打斷黃俊傑的話，「如果成功的話，我們就不用回到這個地方跟你們團聚了。」

「我想，很快就會有人告訴我們到底發生什麼事了。」楊充倫望向講台，看到其中一名老師正走上台。

「希望吧，雖然我也不太認為他們會知道所有的原因，但有一點點情報總比沒有來得好。」

在那老師上台以後，身後也有兩名老師跟著提起兩具擴音器過來，不，不是擴音器。

「那是備用電源吧，這裡已經沒有任何電力了。」楊充倫道，「學校竟然會有這樣的東西，還真是稀奇啊。」

「各位同學……請回到自己平常集合的位置上。」老師道，「我們有要事宣布。」

我聽了不禁笑起來，有要事宣布？還要我們集合？

不過，當我以為眾人聽到這句話之後，會立刻拒絕並起鬨——畢竟我們已經待在一個可能完全不需要學校的地方。然而，幾乎大部分的人都乖乖地立刻回到自己的位置上，這不禁使我愣了一愣。

我想，可能是因為大家都非常希望能夠回到正常環境的關係吧——通過繼續扮演「學生」的身分，從而強迫自己相信自己仍然待在一個正常無異象的地方。

「我們也快點跟著排隊吧。」黃俊傑拉起我朝我們班的隊伍走過去。

我嘆了一口氣，也只能這樣做了。

回到自己班級的位置以後，看見大部分的學生幾乎都回來了，只有少部分消失不見。

班上的同學們面面相覷，甚至比平常還要安靜。

「現在……請各班的班長出來點名，點好人數以後上前跟我們報告。」老師道，「我們會在這之後開始週會——就像火警演習一樣。」
火警演習。
這四個字確實地刻印在我的腦海裡。
我們班的女班長，女神郭珊珊走了出來，比起今天哭泣的時候，她的樣子已經平靜了許多，不過還是可以明顯看到她的不安。
「一……二……三……四……」郭珊珊無神地數著。
「嗚啊！」突然，我聽到前方有女生的喊叫聲，「我不要數！我現在就要回家！」
雖然白霧濃厚，我連台上老師的樣子也看不太見，不過從音量的大小和高低來判斷，應該是位於前方的中一學生。
「……這樣一來，大家的情緒就會更低落了吧，做得還真好。」我冷笑道。
「不要吵！妳不數我來數！」在前方，我聽到一名女老師的怒吼聲，然後聽到一下清脆的耳光。
啪！
瞬間，整個操場都再次寂靜下來。
「我忘記數到哪裡了。」郭珊珊低聲道，「我再數一遍。」
五分鐘過後，眾人終於完成點名，並走到老師面前報告人數。
「很好，人數已經統計完成了。」老師停了下來，似乎在確認數字的準確性，又再一次宣布，「到目前為止，操場上總共聚集了六百三十二人，有兩百六十六位學生缺席。」

「接下來，我會跟大家公開我們目前所掌握的資訊——關於這個地方——這個世界，到底發生了什麼事的資訊。」

10

「在我們詢問過眾多老師後，加上某些監視器的影像片段，可以確認『霧氣』出現的時間，大約是從九點開始——在這之後，這些白霧便逐漸出現，由起初只是普通的、不太影響視線的自然現象，到變成現在這個樣子。」那名老師說道，「我相信現在各位同學應該看不到我的樣子吧？」

大家都沉默著。

「接下來……我希望你們也能參與討論，因為從現在開始，大家已經不只是師生之間的關係了。」他說著，「我們是同伴——在這場災難當中，互相幫助且活下來的同伴。」

「我們想知道的第一件事，是有沒有人記得九點前，關於任何事情的準確記憶？」

他說著，「即使用僅剩的電力查找資訊，也無法找到任何九點以前所發生的事情的影像片段；而在問過所有老師之後，也找不到任何清晰的說法，可以知道在這之前到底發生了什麼事情。」

「這是非常關鍵的一點。」他一再強調著，「我們幾乎可以肯定，九點以前就是發生這一切的關鍵，只要可以知道這之前發生了什麼事，我們就可以推敲現在的狀況，到底是什麼原因造成的。」

說完，原本寂靜無聲的學生群，看不見人影的操場也開始變得吵雜起來。

「……果然，大家似乎也失去了九點以前的記憶啊。」老師沉聲道，「如果找不到任何方法也只好暫時擱在一旁了。按照目前的狀況，我們現在有兩條路可以走，由於這裡的人太多，我們也不需要強迫你們全部的人都選擇其中一項。剩下來的老師會分成兩批，分別帶領兩邊的同學。」

「第一個選擇，就是留在這裡等候救援，並同時搜索學校各處，找出霧氣出現以前，到底發生了什麼情況。」老師道。

「稍後，我們會視選擇這邊的學生人數，打開販賣部的庫存，公平分配剩餘的食物給大家，雖然，食物的數量很可能只能撐個一兩天左右，但這已經是最樂觀的算法了。」

「不過，選擇留在這裡，至少可以確保大家的人身安全，畢竟這裡仍是學校，而我們還不知道外頭到底有著什麼。更何況，只要我們找到此事發生的主因，也可以之後再到外頭去——而那一次，將會是有明確目標、有較高成功率的搜索。」

「第二個選擇，則是組成隊伍走出外頭搜索，目的是為了找到任何人、任何建築，再憑著找到的事物生存下去。」老師在說這句話的時候，站直了身子。

「搜索的限期是直到整支隊伍出現非折返不可的情況為止，參與這邊的人可能不會分配到任何的食物，因為我們無法確定會在外頭遇到什麼，在一切還不明朗的狀況下，我們會盡量給每個人防身武器。」

「雖然這個選擇的危險性更高……但比起留在學校等待探索，其實可能會有更好的結果。當然，也可能什麼都找不到就是了。」

「……那麼，」他停了一會兒，繼續說道，「你們有一整晚可以考慮這件事，今天晚上仍然會有足夠的食物供應給大家，但到了明天，你們就要為自己的去向做出選擇了。我很抱歉，即使身為老師，但現在我們也做不了什麼，在這種情況下，大家是平等的，所以選擇權要交給你們。」

「我的話說完了，今天晚上會有人出去守夜……希望在明天黎明前，我們可以看見更多的學生回來。啊，對了。今天晚上最好留在二樓的禮堂，不要分散在不同的教室，這樣就算有危險大家也可以互相幫助。」

像是離開後才想起這件事情一樣，老師回到講台，「那麼，祝大家有個愉快的晚上。」

大家在聽完他的話以後，過了許久才意識過來，並開始四散而去。

「這個人……是叫仇老師，仇柏希老師。」黃俊傑喃喃道，「總覺得……他好像比其他人還要來得冷靜啊。」

11

回到學校以後……我決定像往常一樣，到靠近自己班級的附近坐下，維持著一個微妙的距離。

「我快要餓死了……」黃俊傑道。

「你最好不要抱太大期望，畢竟今天晚上可是全部的人都聚集在一起，不會給我們太多食物的。」我道。

為了轉換心情，以及逃避飢餓感，我決定去問問留下的同班同學們。

「你們……決定怎麼做？」

「我個人覺得留在學校的確是比較安全的，但是——」黃俊傑想了想以後道，「不，我認為哪裡都不安全，根本就不存在哪一邊比較安全的說法。」

「這個世界已經變成這副模樣了。即使是這個地方，也存在著這些見鬼的濃霧。」

黃俊傑說完，用手嘗試揮散在他附近的霧，然而一點用也沒有。

「所以我個人認為，到哪裡都一樣。」黃俊傑道，「我想，唯一的差別就只是在於拿到的是武器或食物的分別而已。」

「……是嗎，我倒不太認同你的看法。」另外一個同學突然插話，「外頭的世界都已經變成這副模樣了，雖然我們幾次出去到最後都能順利回來，但誰也不能擔保，我們這次走了以後，又可以安全無事地回來。」

「……事實上，我們無緣無故就與世隔絕的原因，很可能就在這個地方。」

班上討論的氣氛漸漸熱烈，我也選擇在這個時候起身離開——我向來都是這樣的人。

其實，我只想上洗手間而已。

也不知道是誰想出來的白痴設計，竟然把男女廁分別蓋在不同的樓層，害我不得不多往上爬一層。

在走到男廁的途中，我卻發現樓梯上有個人正朝著我的方向走過來。起初，我還以為是另一名去上廁所的學生。

「我們又見面了。」

聽到這句話的時候，我下意識地向下躲避，閃過了那原本插向我頸上的攻擊。

「又是妳！」我看著潘菁妍怒道，「這次妳又從什麼地方拿了武器？」

潘菁妍正拿著一根削尖的鐵管，比起這玩意兒，我突然覺得還是回到美術教室把菜刀交給她更為安全。

「我對你沒有惡意的……我知道這個做法很瘋狂，而我也不記得要這樣做的原因到底是什麼。」潘菁妍道，「但是我清楚記得，如果不把你殺死的話，一切都無法挽回了！」

「當然無法挽回！」我氣得有點想笑，「我人都死了，要怎麼樣才能挽回！」

「我指的不是那種！是……是……」潘菁妍有些混亂地說道，她搖了搖頭，然後再次向我發起攻擊，「總之，在你死了以後，就會明白了！」

「有什麼重要的事想說，就留在我們還活著的時候說！沒有必要把它留到地獄去！」我避開潘菁妍的攻擊，邊說邊跑。

潘菁妍聽到我的話時，身體突然頓了一下，這也讓我有了活命的機會。

「再見！」我從樓梯一躍而下，在白霧的掩護下，瞬間脫離了她的視線，「不要再做傻事了！妳男朋友知道妳這樣發瘋一定會很難受的！」

我很快就回到了禮堂。

潘菁妍再大膽，也不可能單槍匹馬衝到禮堂來攻擊我，雖然她有武器，但我想她手上的鐵管應該沒有堅固到能殺死每一個人。

更何況，這也許是我看過最弱最奇怪的殺手了，剛才她看著我的眼神，其實沒有殺意，反而是內疚，很明顯的，她真的也不清楚到底為什麼要這樣做。

多次打破火警鐘……讓老師自殺……到現在。

我吞了吞口水。

要我去死。

這之間，到底有著怎麼樣的關聯？

＊　＊　＊

當我走回禮堂時，發現禮堂中心突然圍了一大圈人。

我走近的時候，才發現中心擺放著數十箱食物——以及，拿著武器的老師們。

「為了避免你們其中有人生事，所以我們拿了武器待命。」老師解釋道，「現在請中一的同學出來，我們將發給每個人食物。」

大家對老師的舉動多少有點不滿，但仍沒有說什麼，一個一個出來排隊拿食物。

「好了，這就是你們今天的晚餐。」說是晚餐，但我拿到的，其實也只是一小塊三明治而已。

同一份包裝內的兩塊三明治，拿出來均分成兩份給兩個人，我甚至有種吃了會更加飢餓的感覺。

「算了，還是吃掉吧。」我想了想，決定一口把三明治吞掉。

到了明天，便是做出選擇的時候。

12

第二天的早上，我們再一次到學校的操場上集合。

「好了，過了一晚，相信大家已經選擇好自己的去留了吧。」老師說道，「為了方便大家在濃霧中仍能做出正確的選擇，現在，就請那些選擇跟大家出去外頭搜索的，走到右邊去，而留在學校的人，則走到左邊。」

「現在，請做出選擇吧。」

看著往左右行動的人群，我靜靜地思考著，到底該選擇跟隨哪一邊。

最後，我還是選擇了留在學校。

「你也留在這裡嗎？歡迎到來。」黃俊傑看我正走近左邊，跟我打招呼，「對了，你確定你能分辨左右嗎？」

「說什麼廢話，當然可以。」我說完，舉起了自己的左手。

「糟了！原來這邊是左邊嗎？」身後的一名同學驚呼道，說完便跑回右邊去。

「依我看，留在學校應該可以找到更多的線索。」我看著那名跑回去的學生道，「而且只有這裡才有食物供應，只要這個地方不暴動，我們還是有東西可以吃的。」

「希望吧。」黃俊傑道，「總覺得這些老師把我們分成兩隊是別有居心……不過那也只是我的猜想而已。」

「好了，現在，就請這些前往外頭的人隨著老師離開這裡吧。」站在台上的那人說道，「為了方便搜索，請各位同學以十人為一組，然後回到禮堂去，我們會在那裡告訴大家搜索的流程。」

「還好我沒有選擇那邊……」我笑了起來，「我生平最怕的就是分組了。」

「歡迎來到天國。」黃俊傑張開雙手道。

我們看著那些人一個一個地離開這裡，「好了，現在先讓我們點算一下剩下來的人數。」那名老師說完，再一次讓我們重新排回班級的隊伍，然後重複昨天晚上班長所做的動作。

「確認好了，我們現在有四百三十一人，看來選擇出去的人還是比較少啊。」老師道，「讓我再一次介紹自己吧，我的全名是仇柏希，你們可以叫我仇老師或是仇sir都行。」

「雖然你們選擇留在這個地方，但並不代表你們可以就這樣休息，或隨便做什麼都行。」仇老師說完，向前走了幾步。

「事實上，大家應該知道，這些食物無法讓大家支撐太久，所以我們要讓這些食物消耗得有價值……從現在開始，我們會讓大家分成不同的組別，到校內各個樓層進行搜索。」

「去你媽的，還是要分組！」我失聲道，「你這是要置我這個主角於死地嗎？」

「當然，四百多個人一起去搜索也太浪費資源了，現在我們還有更多事情得去做。」

「為了維持秩序，以及應付不明的威脅，我們需要負責巡邏的人，這方面當然也可以由部分的校工來擔任，但我也希望比較強壯的學生能參與；另外，我們亦需要一部分的人尋找新的食物來源。」

「雖然不確定這個地方的土質是否有所改變……但我更不確定我們要在這個地方待上多久，所以考慮到這點，我們可以使用周圍的土地來種植。」仇老師道。

「好消息是，前陣子園藝學會浪費公帑，買了很多大袋的植物種子……我們待會兒會看看那袋玩意兒到底裝了些什麼東西，希望找到什麼能吃的。」

「同時，我們也希望能派出數隊同學出去搜索……當然，指的不是跟剛才的那些人一樣，以前往遠方為目標的長征，主要是為了資源。」

「雖然我們到了一個滿天都是霧的地方，但相信大家都知道，離學校一定範圍內的路並不是完全空白一片的，至少我們還能看到樹、馬路以及其他的一些東西……我相信我們能在這些地方找到很多有利於生存的東西。」

「大致上，目前要做的就是這些事。」仇老師道，「我衷心希望各位能團結一致……四百多個人，可是很大的數目。」

在仇老師說完話以後，在場剩下的十多名老師便開始替我們分配各自的工作。

「嗚……」我聽到了身旁的中一學生似乎在啜泣著，但不敢太過大聲。

事實上，即使不是中一學生，其餘的人對於我們目前要做的事是什麼仍然感到很迷惘，反而這些老師卻非常冷靜地進行著他們計畫的事。

這不禁使我產生不好的聯想。

「亦穎常。」突然，其中一名女教師走近並叫了我的名字。

「是！」我習慣性地挺直身子，並大叫道。

女教師看著我，沉默了很長的一段時間。

「你跟著這些人搜索圖書館。」那女老師指指其中一群學生，平靜地道，「要把線索一個不漏地找出來，你們有很充裕的時間，加油吧。」

13

在接到自己的任務以後，我們跟著這些老師和校工，開始朝不同的方向散開。

就這樣，我和數十名學生一同走到五樓去，進入圖書館內集合。

事實上，把這裡叫作圖書館，只是一種美化過的說法而已，因為我們學校的圖書館甚至比一般的教室還小一點，所以比起「館」這種聽起來就感覺很氣派的字眼，我認為稱它為「圖書室」更加適合。

就像現在，光是全部的人都聚集在圖書館內，就已經幾乎把這裡擠得水洩不通了。

「人都到齊了沒有？」波叔是負責管理這個地方的人，他以目光掃視一遍站在霧中的人，雖然在現在的狀況下，根本就不可能做到點齊人數。

「我就當到齊了吧，反正人太多反而不好做事。仇老師跟我交代了一些你們需要找的東西，我現在就告訴大家。」

接著，波叔開始說了一些仇老師希望我們在搜索過程中找到的事物。

「……這不是在說廢話嗎？什麼叫做可疑且不合乎現實的東西？你們中學的老師都是這個樣子的嗎？」在霧氣中，我聽到了一個稚氣的聲音。

不知為何，總覺得這聲音好像在哪裡聽過。

「沒錯，真的是在說廢話。」我點了點頭，認同那名不知道是誰的學生的看法，「如果我們知道某樣東西很奇怪，難道還會把它留在原地嗎？」

「別的人可能不會，但像你這樣的人可能就會了。」那個女聲「咯咯」地笑了起來，「我想，這些話可能是特別說給你聽的。」

「說什麼啊！」莫名其妙的冷嘲熱諷，為什麼我得無緣無故受氣？

當波叔把話說完以後，我們就開始走向不同的地方來回搜索。

由於周圍環境的能見度實在太低，導致我們只能彎下身子並盡力睜大眼睛，藉此進行搜索。

這是一幅極其詭異的情景：試著想像一下，在一間宛如放滿乾冰，有著極大量白煙，能見度幾乎只有兩步遠的空間裡，將近三十個人彎著腰、視線朝下，不斷地來回走動。

「像這樣找東西，根本一點效率都沒有啊。」那個女聲又在我身旁出現了，不過隨著我走到另一頭搜索，又變得小聲起來，「根本就不需要這麼多人胡亂找啊，只要找幾個人有規律地、完整地從頭找到尾，不就行了嗎？」

「……妳要明白，我們學校裡只有處理火警的緊急應變，沒有應付這種狀況的對策。」我道，「事實上，我倒是挺佩服那個仇老師的，竟然在短時間內就能想到把我們分成數隊，有秩序的自救，那簡直……簡直就像是……」

想到這裡的我突然停了下來，就連呼吸也在那一瞬間停頓了數秒。

簡直就像是早有預謀一樣啊。

「哎呀！」突然，身後的那個人因為我的停頓撞了過來，我們兩人也因此倒在地上。

「喂！停下來的時候，就不能告知一聲嗎？」我發現那名被我撞倒的人，和剛才不斷說話的女生是同一個人。

「對不起、對不起……」我邊扶起那個女孩邊道。

看到那個女孩的臉的時候，我突然愣了愣。

「怎麼了？」那名有著齊瀏海短髮的女生問我。

「沒什麼……我只是覺得……」在思考了一會兒以後，我決定還是把我的感受說出來，「我只是覺得，妳長得很像我的妹妹而已。」

那女孩看著我，呆愣了大約三秒鐘左右，然後，突然朝我打了一拳。

「我就是你的妹妹。」那女孩憤怒地道。

我冷不防就被那一拳所打倒。

「哇！咳，咳咳咳咳！」我狼狽地站了起來，圖書館內所有人的視線都集中到我們的身上。

「不然你剛才以為我是誰？還是說，你平常都是用這種輕佻的態度跟女生對話嗎？」妹妹（？）走到我面前，抱著手冷冷地道。

「當然不是！」我很快地否定了，這可關乎到我的聲譽問題，「其實我早就知道妳應該是我認識的某個熟人了……只是沒想到會是……」

「會是我，對吧？」妹妹諷刺道，「可是我的確在這裡，對不對？」

「對，因為除了我妹妹以外，沒有人會用這種聽了就讓人火大的語氣說話！」我終於忍不住了，對著我的妹妹怒吼，「亦穎晴！妳不是在另一家中學讀中一的嗎？為什麼會在這個地方？」

14

「為什麼我會在這裡？還不是因為你！」妹妹聽到我的話以後，也變得憤怒起來，「要不是你忘了帶手冊，要我特地拿來給你，我才不需要待在這個鬼地方，還在昨天早上躲在這個地方聽著那些老師說話！」

這時候我才發現，她和我們不一樣，是穿著便服的，但由於剛才霧太大的關係，所以我看不到她的衣著與我們的校服不同。

「妳昨天不是要上學嗎？還有……我只是忘記帶手冊而已，用得著特地拿來給我？」

我感覺有些頭暈。

「……昨天是教師發展日，我們學校放假。」妹妹不屑地回應道，「總之，我已經在這裡了，還被莫名其妙地捲進了這種事件，你說你是不是應該要負起責任？」

「可是，我真的不需要有人特地把我忘記帶的東西送來啊！」我委屈地大叫，「看妳的樣子，連掛在脖子上的訪客證也沒有，妳是潛進學校來的吧？絕對是潛進學校來的吧？」

「都給我閉嘴！不管是不是我們的學生，她也已經跑進來了，就要跟著一起搜索！」

波叔走過來，雙手把我們的頭按下去，「你叫亦穎常是吧，給我好好看管你的妹妹！別再讓她在這種封閉的空間內大吵大鬧了！」

「是的，波叔。」我無奈地回應道，然後無視妹妹的瞪視，自行走向別處再次開始搜索。

「妳給我乖乖地待在這裡不要亂跑，不然妳受傷的話我也不知道該怎麼樣跟母親交代。」我喃喃自語道。只聽見妹妹「哼」了一聲，然後再度恢復剛才的平靜。

……現在我才發現，如果沒有任何人說話，場面會變得如何詭異。

「……我們還是說說話吧，反正又沒有規定我們要肅靜地進行搜索。」終於，其中一人說出了我們任何人都不敢說的話，這個提議馬上得到所有人的附和，「對啊對啊！有人說說話多好！」另一名學生道。

「哈，哈，哈，哈。」我乾笑了四聲，身旁的波叔聽完，嘆了口氣後道，「只要你們別像那兩個傢伙一樣，用高八度的聲音對話就行了。」

還好在白霧之中，大家看不太清楚我尷尬的模樣，「喂，那妳到底是怎樣進來的？」為了掩飾自己的醜態，我決定去找和自己處於相同情況的人說話。

「就和你所說的一樣啊，我看學校關門了，就打算從側邊的平台爬進去。」妹妹似乎也知道自己和我在某種程度上是同一陣線的，因而低聲說道，「最後我成功了，接下來就是躲在操場旁，那時候你們好像正在朝會……接下來的事，不知道為什麼，不太記得了。」
「妳果然是用這種方法進來的，怪不得妳能夠這麼順利地混進我們裡頭……等等。」
我正想責怪她的魯莽，但想了想她說的話以後卻一愣，「妳說，我們學校關門了？」
「對啊。」妹妹回答道，「即使是外頭也沒有校工看著，甚至連大門也鎖了，所以我才爬進來的……但老實說，不知為何，我已經不太記得之後的事情了。」
在妹妹說到這裡的時候，我就想起了那台失去蹤影的電視機。
「所以，連妳也不太記得九點前所發生的事嗎……」我道。
「沒錯，不過我記得，我進校門的時間大約是八點三十分左右。」妹妹補充道。
此刻我的心神早就不在搜索圖書館這件事上了，而是專心聽著妹妹的話，並一直分析著。
「不可能，我們學校在八點之後就會把遲到的人捉起來做紀錄，等放學留校察看作為懲罰，正因為如此，學校不可能在八點半就把大門關上，讓所有人都進不來。」
「但是，我看到的確實是這樣的情形！」像是以為我在懷疑她一樣，妹妹不甘心地說道，「不僅門鎖上了，連裡頭也沒有人！」
我仔細地推敲著這句話。
不僅門鎖上了，連裡頭也沒有人。
「你們可以過來看一下嗎……」突然，遠處傳來一名男孩的聲音。

「這裡……看起來有點奇怪，可以找個人過來看一看嗎？」

15

「過來看什麼？」我和其他人都走過去，望向那名戴眼鏡的男生問道。

「……不見了。」為了確認自己的想法無誤，男生的視線再一次掃過書架上的書，繼續說道，「這裡有書不見了。」

「圖書館就是借書給人的，書不見了有什麼特別的？」我問道。

「可是……這些書都是放在這裡好多年，也沒有人會看的參考書籍。」那男孩道，「參考書籍不准讓別人帶出去，而這些書的另一個共通點都是無人問津，可是現在，它們都在同一時間消失了。」

說完這句話以後，為了證明自己所說的話沒有錯，男孩還逐一指出這些書消失而留下的空位，他所說的幾個書架比起其他的，果然特別空虛。

「這些書的書名是什麼，你能回想起來嗎？」波叔追問，「如果它們都是屬於同一個類別的話——」

「很抱歉，但似乎並不像是。」男孩搖搖頭。「我不太記得它們正確的名字，只想起大概的書名還可以，從000開始消失的書籍有……香港近代史、英漢辭典、地理、百科全書等。總之，沒有任何一本書有相似的地方。」

「所以，唯一的共通點就是它們都是參考書籍囉？」我問道。

「……也不全是，當中有兩本書就不是參考書籍，只是純粹沒有人看而已，」男孩再想了想以後，做出結論，「但這些書的共通點肯定是都沒有人借過，它們全是那種很冷門的、放在顯眼位置也沒有人會在意的書。」

「冷門的書嗎……」我喃喃地道。

「雖然對整個搜索未必有太大的用處，但至少你為我們找到了第一個發現。」波叔用紙筆把男孩所說的重點記錄下來，「你做得很好。」

「如果可以的話，我也想把這些書找回來。」男孩點了點頭以後道。

在眾人回到原處之後，妹妹走近了那個人，開始問起他問題來。

「你是怎麼清楚記住這些書的情形的？又是怎麼知道它們是屬於冷門書籍的？」妹妹一口氣問道。

「妳現在是在盤問還是錄口供？」我只能上前制止這個到處惹事的傢伙。

「呃，我本來就是這裡的管理員，所以對這裡的書也比較熟悉。」男孩聽到妹妹的話以後嚇了一跳。

不過，他還是友善地回答了，雖然帶著一點恐懼。

「至於冷門……看見它們滿是灰塵的模樣就知道了，通常也要四、五年沒人碰過，才會現出那麼多的灰塵。」男孩突然把視線轉向我，「我想，即使是你，也應該沒看過這些書的封面吧？」

我只能苦笑起來。眼前這名學生明顯比我小，看起來應該和妹妹的年齡差不多，但他知道的事，卻比我這個在學校讀了六年的人還多。

「因為沒有人注意，所以就自己消失了。」男孩嘆了一口氣，「聽起來，就和一個人沒有分別啊。」

男孩發現我和妹妹仍然在看著他，只能尷尬地笑了笑，「對不起……剛才的話只是我在自言自語而已，請把它忘了吧——我的名字是王亮端，中二乙班。」

「你好，我是亦穎常，準畢業生，這位是亦穎晴，偷渡進來的。」我以最簡單明瞭的方式介紹我和妹妹，換來是背部一連串的刺痛。

「我們……還是回去搜索吧，待會兒見。」我不一定是個怕死的人，但肯定很怕痛，在承受了妹妹數輪的攻擊後，我狼狽地開始想找方式避難。

本來以為在王亮端找到第一個線索以後，我們還會找到更多值得注意的東西，誰知道在這之後卻什麼也找不到了，只好作罷。

「好了，午飯時間到了，大家先停下手上的工作吧，我們去拿食物。」波叔的話才說到一半，就有一大群人放下手上正在觀察或單純拿著的物品，衝到禮堂去拿東西了，這點倒是和我們平常下課時間的時候有點像。

「那我們也走吧。」我把其中一本書放回原位，然後對妹妹道。

「哦。」妹妹也放下了手上的東西，默默地跟在我的後頭。由於身後跟著一個人，我也不好意思跟著大隊人馬一起奔跑，於是就這樣和妹妹慢慢地走著。

「……對不起，都是因為我，才讓妳捲進這件事來的。」思考過後，我還是覺得自己應該道歉。

妹妹對我的反應似乎有點意外，以至於平常在兩秒內就能回話的她，呆滯了很久才開口。

「哼哼，這當然都是你的錯，你知道最好。」

「這話不對啊。」我有些納悶，「妳應該說：怎麼會呢，為哥哥服務可是天經地義的事情啊。」

「噁心，快和我保持兩公尺距離。」妹妹聽完，立即跑開了數步的距離。

「總之，在回到正常世界以前，有什麼事情記得躲在我的身後，我來保護妳就行了。」我見狀，乾咳了數聲，然後說出重點。「待會兒不要離我太遠啊。」

「知道了、知道了……」妹妹有些厭煩地回答，不過還是慢下了速度讓我跟上。

一切看來都是如此地平靜，甚至讓找一度以為回到了現實世界。

直到，我們抵達禮堂掩上的門為止。

我在看到「那些東西」的瞬間，立即回頭把妹妹拉走。

「怎麼了？我們不吃午餐了嗎？」妹妹還沒來得及看清楚裡頭的情況，於是問道。

「不吃了，沒得吃了，快跑。」我急忙道，一邊帶著妹妹離開禮堂，一邊盤算著該往什麼地方逃去。

果然，和我猜想的一樣，大家最後還是開始打起來了。

雖然和其他地方一樣，霧氣充斥了整個禮堂，但即使霧再濃，也能夠看見門前數個躺著的人。

以及，幾乎從他們身上流光的，鮮紅色的血液。

16

我帶著妹妹，以離開禮堂為最優先目標，並尋找可以迅速逃離這個地方的路線。

事實上，在這件事發生以前，我就已經有了這樣的預感，所以我才會用「果然」來描述現在正在發生的事情。

大家因生存而開始互相殺戮。

也可以說，昨天那種有秩序的集合、聆聽某個人的訓話，才是更令人感到突兀的事。

就像我先前認為的，或許是因為大家都還不想接受事實，還想試圖做回自己——一名為學生的身分，也就是這種「仍然身在現實世界」的錯覺，才讓昨天的狀況暫時維持穩定吧。

但即便如此，大家還是很快就覺醒了。

沒有人能夠幫助我們。

沒有人能夠因為服從某人的指示，而獲得拯救。

能夠從這場災難中自救的，就只有自己。

在意識到這一點以後，平衡也立刻崩塌。

「這些人都很聰明，只有我們還沒醒悟過來而已。」表面上我是在對妹妹說話，事實上卻是對自己說。「像這種情況，早就該發生了。」

「所以說——」妹妹掙脫我的手中，走到我面前怒道，「別捉得這麼緊！到底發生了什麼事情？」

「妳看不清楚嗎？」我問妹妹道，「即使有這些霧，也阻擋不了那幾具躺在門口就看見的屍體……我還以為妳已經看到了。」

「我連大門都沒看到，就被你拉走了，怎麼可能會看到屍體——咦？」妹妹的臉色變得很難看，一時間還以為自己聽錯了。「你說什麼？」

「我們先跑再說。」我再一次把妹妹拉走。

不管裡頭發生了什麼事，到底是剛剛開始，還是已經結束，都不關我們的事。

簡而言之，就是不要和它扯上任何關係。

當我朝著二樓樓梯的方向跑去時，聽到前方不遠處有著一連串的腳步聲。

「快躲進去！」我連忙拉著妹妹躲進最近的一間教室，要是在這裡被誤認為是搶奪食物的其中一員就糟了。

跑進教室以後，我們看見許多學生拿著各式各樣的「武器」：從某處拆下來的鐵柱、刀子，甚至是碎掉的玻璃，從外頭一一衝過。

「該死，沒想到葉震霆那傢伙竟然和我們打著同樣的算盤！」領頭的人大喊道，「快在他們搶光食物以前趕過去，以我們的人數可以壓制他們的！」

「那個葉震霆是誰？」妹妹不禁問道。

「就是那種一個打十個的學生。」我苦笑起來，「看來，在我們到圖書館搜索的期間，他們甚至連派別也開始形成了——明明就只過了一個多小時而已。」

說完，我和妹妹發現了躲在教室裡頭的其他人。於是，我便和這些人打招呼。

「你們也是來避難的，對吧？」我看著眼前數名我認識的與不認識的人，哭笑不得地道，「也對，我認識的人都沒有跟人正面幹架的膽子和體格。」

「你沒有資格這樣說。」黃俊傑和阿源都白了我一眼，「不然，你一個人出去跟他們打打看？」

我打量周圍的環境，桌椅依然是原本的樣子，不過可以明顯地看到，有不少東西都被拆走了。

躲在這間教室裡的有四個人：黃俊傑、阿源，以及另外一男一女。

「呃……不如我們先自我介紹一下？」看來我們得待在這個地方好一段時間，倒不如先和目前共處一室的人打交道。

誰知道，那兩個不認識的人會不會在重要關頭從背後捅我們一刀？

「為什麼你們不先說？」那男生皺了皺眉頭，並下意識地把他身邊的那名女孩護在他的身後。

「呃，也好。」我愣了愣，只能這樣說。

看來那男生也意識到，這間教室的情勢由最初的二對二，變成了現在的四對二，如果我們不先釋出善意的話，很難可以取得他們的信任。

「我叫亦穎常，這位是亦穎晴……」我快速地介紹著，「這兩位男的是……不如你們自己介紹？」

「你是什麼時候有女朋友的？」黃俊傑有點驚訝地道，「為什麼我不知道這件事？」

「我是他的妹妹。」亦穎晴簡短地回答。

「你對妹妹的執念，已經大到能夠以意志力創造出一個實體來了？」阿源問，「什麼時候也教教我？我請你吃東西。」

「如果你真的願意請我吃東西當然好。」我看著門外，「不過，我看現在恐怕很難。」

17

「我還是繼續介紹自己吧。我想你們兩個應該知道我是誰？」阿源指指自己道，「說來，我也在這裡工作好幾年了。」

「你是誰？」男生問道，阿源聽到以後，失落地低下頭。

「他叫阿源，是這間學校的電腦管理員……意思就是，打雜的。」黃俊傑微笑著介紹阿源，然後接著介紹自己，「我叫黃俊傑，和亦穎常一樣，都是中六的學生。」

那男生看了女生一眼，見她也沒有意見，就開始說道。

「我叫梁俊聲，這位是林小雯，我們都是中五丙班的。」梁俊聲道，「對不起，我剛才反應過度了，在這種情況下我不得不這樣做。」

「你沒有做錯，在這種情況下，我們誰都該這麼做。」我點頭，同意他的做法，並開始打聽情報，「事實上，我們也只是剛到而已。你們知道這裡發生了什麼事嗎？」

「在那些人來以前，一切都還很正常。」梁俊聲找了個隱蔽的位子讓自己和林小雯坐下，然後說道。

我們也和他們一樣，找了個外頭的人不容易看到的地方坐了下來。

「可是，有個人突然帶了一整群學生跑進來，並開始攻擊任何在他們視線範圍的人——直到把其中一名制止他們的老師殺死以後，才真正開始混亂起來。」

「在一瞬間，所有的人都開始互相攻擊，為的就是放在中心的那些食物——大家誰也不相信對方。」在梁俊聲說話的同時，我們聽到附近又傳來一陣急促的腳步聲，連忙閉上嘴巴。

大家沉默著，聽這些腳步漸漸地接近我們，又慢慢地離去。

「……到後來，由於這些人是禮堂中唯一一群有組織的隊伍，而那裡也只有數名老師，能自保就很好了。」在確認那些人都走了以後，梁俊聲才繼續說話。「在那些人的圍攻下，即使是手持武器的老師們也不能做什麼，只好狼狽地逃跑。在那之後，那些人就毫無顧忌地搶走了所有的食物。」

「那個帶頭的人應該就是葉震霆了。」我猜測著，「你知道後來那些人跑到了什麼地方去了嗎？」

「當然不知道，光是逃命就已經耗費我所有的精神了。」梁俊聲道，但在這個時候，他背後的林小雯拉了他的衣角。

「我知道。」

林小雯的聲音很小，不過由於這裡沒有其他人說話，所以我們都聽得很清楚。

「我聽到他們說，四樓音樂教室。」林小雯道，「他們到那裡去了。」

「大概是把那裡當成他們的據點了吧，也挺聰明的。」黃俊傑分析著。

「音樂教室就只有兩個出入口，其中一個還因為長期堆放樂器而封閉，他們只需要派幾個人站在唯一的門口看守就行了。」

「那麼，也就是說我們不能跑到那裡偷食物了嗎……」妹妹道，「難度一下子就提升了許多。」

「妳想去那裡偷食物？」我連忙替這個人做思想輔導，要知道，這個世界上有些人是萬萬惹不得的，「如果妳知道葉震霆是一個怎麼樣的人，妳肯定不會這樣說。」

「倒不如說是你膽小怕事。」妹妹對我的話無動於衷，轉向黃俊傑問道。「他到底是什麼人？」

「聽妳哥哥的話吧，那個人是不好惹的。」黃俊傑看起來好像是在幫我，但事實上，我知道他只是嫌麻煩而已。

妹妹不死心地望向阿源。

「我不管其他事，不知道他是誰。」阿源老實回答。

於是，妹妹又望向了梁俊聲和林小雯兩人。

「……我跟妳說個故事吧。」梁俊聲想了想，決定拿事例來說明葉震霆這個人，「兩年前，有個人轉學進來以後，就一直沒有升級過，雖然他的成績足以升上較高的年級，但他每年都會想辦法讓自己的操行分數變成零分，然後被留級。」

「我曾聽說過他的事蹟：在他剛轉學進來的那一天，有群在學校猖狂已久的惡霸想要給他來個下馬威，所以就當著全班面前找他麻煩。結果，你猜怎麼樣？」梁俊聲道。

「最後，那些人全都進醫院了。那傢伙一個一個地把他們打成重傷，然後獨自走到教師休息室告訴老師，說有人霸凌他。老師當然不相信他的話，在他入學第一天就記了他一個大過，但在這之後，校內所有的學生，甚至是老師，都要顧忌他三分。」

「他就是一個這樣的人。」梁俊聲總結道，「所以，妳還是不要打那個地方的主意比較好。」

18

「這樣嗎……」妹妹的表情看起來依然沒有對那個人產生絲毫懼怕的感覺，但至少打消前往音樂教室偷食物的念頭了。

「那麼，現在我們就要開始想辦法了，不然待在這裡也只是死路一條。」黃俊傑望向梁俊聲，帶著詢問的眼神。

「我們要先聽聽你的計畫，才決定是否要加入你們。」梁俊聲立時意會過來，於是回答道，「如果你打算隻身衝進某個地方與別人火拚的話，那很抱歉，我們不會這麼做。」

「聰明。」

對於他的回答，黃俊傑卻是大笑起來，然後拿出自己背包裡的東西——我這才發現，黃俊傑是我們之中唯一一個擁有背包的人。

「看來大家都很清楚這玩意兒有什麼用，在我昨晚跑到那個地方的時候，就只剩下這份有點破爛的版本了。」黃俊傑說，「不過沒關係，反正我們也是這間學校的學生，不用這個東西其實也可以，只是解釋起來比較方便而已。」

身旁的妹妹略有微詞，不過我及時讓她冷靜下來了。

黃俊傑手中拿著的，是一張在任何學校都會看到的，火警逃生路線圖。

「現在，我需要集合大家的情報，決定我們下一步應該做什麼。」黃俊傑說完，就在二樓禮堂的位置上打了一個鮮紅的X，「這個地方已經沒有用途了，而且非常危險，我不建議大家去這裡。」

「廢話。」阿源瞪了他一眼，然後在三樓電腦室加上了註解，「這個地方已經被一些老師占滿了，像我這種名不見經傳的小角色就被趕了出來，以現在的狀況，我也不建議大家去這裡。」

「你被那些老師趕出來了？哈哈，還真的跟我說的一樣。」我想趁機會嘲笑阿源一番，但看到他哭喪著臉的模樣，也就打消了這個念頭。

「嗯……我們是從四樓教室過來的，如果我沒有猜錯，這裡應該還有一些我們的同班同學。」梁俊聲指向四樓盡頭的一個教室，「待會兒有機會的話，我想我們會回去看看。」

「我們是從五樓圖書館過來的……那裡沒有什麼好看的。」我想了想，還是決定先不將參考書籍消失的事告訴他們，畢竟那對現在的狀況來說並不重要。

「好，現在已經清楚大家過來的地方。」在整理情報這方面，黃俊傑從來沒有讓任何人失望過，所以我們也沒有詢問該由誰來分析，直接就內定了，「接下來的是……我們首當其衝的問題，食物。」

「說是食物，其實也包括飲水啦。」妹妹道，「昨天的晚餐也有這個。」

「沒錯。」黃俊傑在四樓音樂教室的位置畫了一個大圈，「這就是其中一個可能存有食物的地方，但誰都知道以我們的能力，根本不足以跑到那個地方去把食物搶過來。」

「他們大約有十多人左右。」梁俊聲補充，「我想，加上沒有出去搶掠的人，應該還有更多。」

「所以，這就是我們目前要討論的問題：這些老師一定不會愚蠢到每次都把所有的食物拿出來放在禮堂，等分配過後再把食物拿回去，所以我們要知道的是，這些食物到底在哪。」

「第一個想到的，當然是販賣部吧，畢竟所有的食物都是從那個地方拿回來的。」我說道，「但是，現在販賣部應該已經人去樓空了吧？」

「要不然……就是教師休息室？位於五樓的教師休息室。」梁俊聲提出了一個可能性。

「這很有可能。」我點了點頭道。

「你們不是說，老師都到電腦室去了嗎？」妹妹問。

「也只是部分而已，只不過剛好把我的據點擠滿了。」阿源道。

「和音樂教室一樣，這裡也是僅有兩個出入口而已，只要把其中一個入口堵起來就可以，而且那裡占地較大，比較適合把東西藏在那裡。」

「如果我們猜測正確的話，不論哪一邊都不可能拿到一丁點的食物。」黃俊傑嘆了一口氣，「不然你們來選擇吧：要和全校老師，還是那群學生為敵？」

「我們用偷的總行吧。」妹妹有點不滿地道。

「大姊！也要偷得到才行啊！」黃俊傑伸出雙手，無奈地道，「妳告訴我，應該用什麼方法，從什麼地方，在什麼時間走進去？」

「那你說應該怎麼辦？難道就這樣餓死嗎？」妹妹聽完惱怒道，「還是等待這些老師收復失地，把東西發給我們？」

「家政教室。」

突然聽到另一個完全不同的聲音，引得我們紛紛望過去，看向正在說話的林小雯。然後，一個個如大夢初醒。

「對啊！我們怎麼沒想到那裡！」黃俊傑用力地拍了自己的腦袋一下。

「雖然不多，但家政教室應該還有一些食物才對！更重要的一點是，大家都把注意力集中在禮堂的那場戰鬥上，可能還不會有人注意到那個地方的資源！」

「那我們快走吧，我想其他人很可能也想到這一點了。」我站了起來，並做出伸展動作，準備接下來的短跑，「在其他人趕到之前，率先跑到家政教室裡，把所有可以吃的東西搶走。」

19

「出發以前，先把這些東西收下吧，每人一件。」黃俊傑說完，從背包裡拿出了不同的物品，「這是我一路上撿到的，你們每人選一件吧，當成武器使用就行。」
我看到桌上剛好放著六種不同的雜物，不禁讚嘆道，「你連我們可能會有的人數也計算好了，閣下屈居於這間學校實在是太大材小用了！」
「只是運氣好而已。」黃俊傑沒有因為我的反應感到高興，反而白了我一眼。
「哈，抱歉。」我苦笑起來，「我只是想在這種嚴肅的場合，開個玩笑緩和一下氣氛而已。」
「我的哥哥就是這樣無聊的人，和他相處一定很累吧？」妹妹道，「不過你們已經很好運了，從我出生以來，這傢伙就一直存在。」
「這才是笑話嘛，你看，多好笑！」黃俊傑指著我，開始以高低不同的聲音嘲笑起來。
我沒有理會他，轉而打量眼前的六件物品，「我還是最後拿，你們先選吧。」我對其他人說道。
眾人聽完，開始選擇各自的武器——其中也包括了梁俊聲和林小雯兩人。
「等等。」黃俊傑伸出手制止了想伸出手的林小雯，「如果妳加入我們的話，我們才會把這些東西給你們。」
「相較於搶劫教師休息室，這個方案安全多了——還是說，你不想讓我們加入？」梁俊聲道，「如果你不讓我們參與的話，我們就回四樓教室找同班同學。」
「那你就拿吧。」黃俊傑道，「從今天開始，我們就是同一條船上的人了。」

「哦，是嗎？」梁俊聲拿好東西以後，狡黠地問，「如果我拿了武器之後，在最後關頭才偷襲你們，到時候你們又能怎麼樣？」

黃俊傑聽完，臉色一變。

「哈哈哈哈，只是開玩笑而已，別在意。」梁俊聲上前握了握黃俊傑的手，「不然，我們在關鍵的時候互相背叛也行——只是想點出這個可能性給你聽聽而已，在這個地方，誰也不值得信任。」

「嗯，也對……」

黃俊傑的臉色漸漸恢復回平常的模樣，林小雯也在這個時候取走了桌上最尖銳的東西，那是一根從不知什麼地方取下來的鐵錐。

我們見狀，也拿起了不同的物品，並握在自己的手上，我拿到的是一把看起來挺鋒利的長型鐵片，在必要時當成刀斬下去，威力應該不錯。

「你到底是從哪裡拿來這麼多玩意兒的？」我不禁問黃俊傑。

「垃圾車啊，不然你還以為會是哪裡？」黃俊傑回答。

林小雯和妹妹聽完，都不約而同地想把手中的武器放下，但經過一番掙扎後，又重新握回手裡。

「那我們現在就出發吧，這地方空氣太混濁，待著就難受。」我說道，大家聽了也點頭附和。

我們一行六人，鬼鬼祟祟地從教室門口走出去，然後朝著前門的樓梯跑去。一路上都沒有遇到什麼太大的障礙，沒有人阻攔，甚至連一個人也看不到。

「我以為，他們會把學校的樓梯封鎖起來。」梁俊聲邊跑邊道，「沒想到我們竟然能一路順暢地向上走……真是幸運得令人不安啊。」

很快，我們就到達了六樓的家政教室。我一直都覺得，把家政教室安排在化學實驗室隔壁的人，腦子應該有點問題，不過那也可能是我太神經質了。

再粗心大意的人，也可以看得出這裡曾經發生過一次，甚至是數次的搶掠和洗劫。

「我對我們的晚餐越來越不安了。」阿源道。

「早就不抱希望。」我故作豁達地道，藉此催眠自己，舒緩肚子的飢餓感。

「說不定，還有一些食物是沒被那些人找到的。」黃俊傑不死心地開始搜尋。

「我們去找那些沒有人找過的地方吧，例如沒有人碰過的桌子、櫃子，說不定會藏著幾塊麵包之類的。」梁俊聲道。

事到如今，不可能就此空手而回，我們只好跟著梁俊聲的方法去做，搜索那些明顯沒有被人找過的地方。

「沒有，沒有，沒有。」我將木櫃逐個逐個打開，沒把它們關上，就跑到另一邊的大櫃子，拉動每一個能拉的把手，活像剛從精神病院逃出來的人。

20

「別把你的怒氣發洩在這些櫃子上，它們都是無辜的。」妹妹看著我的舉動，冷靜地道，「你這樣做，只會把更多的人引來這裡。」

我做了一個深呼吸，讓自己慢慢地冷靜下來。

「找到了！」但在這種時刻一聽到這種話，我就再也無法冷靜了，我和其他人興奮地衝到阿源面前，並把視線集中到可能是成為我們救命稻草的——一棵白菜身上。

「就只剩下這一棵而已。」阿源無奈地道。

「這算什麼，嘲諷我們來得晚嗎？」我怒氣沖沖地想把櫃子一腳踢飛，「就只有一棵菜，還是沒煮熟的！不要說六個人，連一個人也餵不飽！」

「別這樣，我們可能還會找到什麼……」黃俊傑說完，回頭繼續搜索食物，似乎連身為行動發起人的他，一時三刻也很難接受這樣的事實，「我們繼續找吧，總有一天能找到的。」

「對，總有一天食物會從天而降掉下來，然後對著我們大叫：吃我吧、吃我吧！」我道。

「等等。」突然，黃俊傑沉聲說，當我們回頭看向他的時候，只見他拚命地揮著手叫我們躲到他那邊去，其餘的人也不打算問什麼，就直接和他伏在桌子下，或是以櫃子、瓦斯爐等作掩護，看著數個人走進家政教室。

「看來我們來得太遲，食物都已經被搶光了。」只見何卓鴻和他的兩個跟班走了進來，他們的身上滿是傷痕，「唉……早知道，就不和那些人談條件了，沒想到葉震霆他已經不把任何一個學生當人看了。」

「要去找那些老師嗎？」其中一名跟班建議道。

「不需要，那些人根本不會管我們，從他們將大家分組的那一刻開始，就只是想延緩我們集結成團體的時間，好讓他們能做足所有的準備而已。」何卓鴻不甘地道。

「不過，還好我聰明，早在之前叫老爸捐錢給學校建新大樓的時候，在這個地方動了點手腳……」何卓鴻走向與我們完全相反方向的角落，揭起其中一塊石板，走了進去。

「這個地方本來是中一的時候，因為貪玩而建的，沒想到現在竟然會成為我的安全室啊。」

「……」我們看著何卓鴻等三人都走進了石板下方，才抬起頭來。

「怪不得我總覺得五樓比別的地方矮，原來是這個原因！」黃俊傑道，「學校竟然隱藏著一個這樣的空間，這很可能是我們學校唯一的密室啊！」

「我認為，現在再找不到東西填飽肚子的話，這也算是一個大新聞。」我道，「我們就這樣攻下去試試看？」

「也太魯莽了，為什麼不等他們上來再說？」梁俊聲道，「我們也不知道下面有什麼，但可以埋伏在那片石板的附近，等他們探出頭來的時候捉住他們，一勞永逸。」

「如果他們把裡頭的東西都吃光了怎麼辦？」阿源道，「即使我們捉住他們，一切也已經太遲了。」

「來不及了，」誰知道，林小雯又在這個時候說話，「有人來了。」

我們再一次躲了起來，這一回走進來的，是仇老師以及數名老師。

「根據校長的建築設計圖……這裡有一道暗門，可以通往一個房間。」仇老師指著設計圖對其他的老師道，「雖然沒想到這些學生竟然這麼早就覺醒過來，開始組織不同的勢力……不過要做的事還是不會改變。」

「當務之急，是確認學校是否還有其他隱蔽空間，可以供學生躲藏。」另外一名女教師說道，「我們要確認，每一個人都在我們的掌握之中。」

「這也是我們到這裡來的原因。」仇老師點了點頭，依照圖示走到地面上的那片石板旁，然後將它揭開。

事實上，如果沒有人知道這個地方有機關的話，平常走動不可能會發現這塊石板是可以揭開的——因為不論是何卓鴻或仇老師，都幾乎用了全身的力氣才搬開那塊石板。

「你們先下去吧，我走在最後。」

仇老師說完，其他數名老師就走了下去，在確認周遭沒有人以後，仇老師也跟著走下去，並把石板闔上。

我們再次從藏身處中走了出來，大夥兒都沉默著。

「我想仇老師作夢也想不到，他將會在下面遇到什麼人。」我道，「何卓鴻那邊，也不可能知道。」

「我覺得這比找食物重要多了，」黃俊傑說完，興奮地走到那一格石板面前，「我們該怎麼做？是要下去，還是等他們回來？」

21

「那還用說嗎？」阿源搶先發話，「當然是把一大堆桌椅搬到石板上，讓他們永遠也出不來！」

你和這些老師的關係似乎不太好啊，我不禁心想。

「我們還是靜觀其變吧，」黃俊傑最後做出選擇，「也不知道下面有多大，更不清楚他們兩邊有著什麼武器，反正我們已經知道這地方有一間密室，稍後再回來拿東西也不遲。」

「那麼，現在……」

「我們先等著，看看他們上來的時候，我們可不可以占點便宜。」黃俊傑嘴角彎成了一個弧形，「有便宜就占。」

「……好。」我們聽完，一致同意地返回掩蔽物旁，並準備好武器。

「你們可以離開，不一定要參與到最後。」在回到原位的時候，黃俊傑轉身對梁俊聲兩人說道，「坦白說，我也不想待會兒無故多出兩個敵人。」

「真是一條賊船啊。」梁俊聲皺起眉頭，卻是半開玩笑地說著，「不過，船都已經出航了，我們沒得到什麼好處就跳船可不太好。」

既然確認了大家的意願，黃俊傑也沒再說什麼，打手勢要我們安靜下來，順便試著偷聽下面的情況。

但那間密室可能是使用隔音材料製造的，即使我們再集中精神，也聽不到下方傳來一丁點的聲音。

電力已經中斷，雖然是中午，但再加上白霧，使得家政教室瀰漫著一股神祕莫測的氛圍。

而我們，正在這樣的地方，躲在一堆櫃子的後頭等待著。

不知過了多久，那塊石板終於有了動靜。

由最初的掀動數下，到後來整塊被踢了出去，我們終於也聽見了裡頭的聲音。

「為什麼你們會知道？為什麼你們會知道？」即使在外頭，也可以清晰地聽到裡頭傳來何卓鴻失去理智的叫聲，以及因碰撞而不斷發出的聲響，「這些都是我的東西！我要和你們拚了啊！」

「這些可能是你的東西，但是你把它們放在學校。」仇老師和其餘幾個老師走出來，並把何卓鴻等三人拖了出去，他們輕鬆地制服了何卓鴻以及另外兩名跟班。

「連預備電源、電腦，甚至冰箱也有……所以我就說，不要讓大量捐款者的親屬讀同一間學校……不然有一天，當學校變成他的另一所行宮，我們可能還是什麼都不知道。」

「好像還聽說，何卓鴻和校長交情很好，所以讓他做出如此誇張的行為……不過校長的性格也和這些瘋狂學生一個樣，會做出這種事情也不意外。」女教師道，接著轉身對另外兩個老師說道，「你們到下面把可以拿的東西都拿走，我們這就把它們帶回教師休息室。」

兩名老師答好，就往回走去。

「要是被我父親知道，你就不用在這裡混了。」何卓鴻看著仇老師，怒不可遏地道，「我記得，你好像是前年才來這間學校任教的吧？這麼快就可以爬到這個位置，想必是用了不少手段啊。」

「我從來不怕被學生威脅。」仇老師走近何卓鴻，靠近他的臉孔微笑道，「特別是在這種叫天天不應，叫地地不靈的地方。」

這個時候，另外兩名老師各自提著一個應該也是從密室裡拿出來的小垃圾袋，而裡頭裝的肯定不是垃圾。

「我們把食物收集好了。」一個老師對其他人說道，「裡頭沒有什麼好調查的，回去吧。」

「那，這三個人怎麼辦？」女教師指了指何卓鴻道。

「除了何卓鴻以外的兩個人就放了吧，反正我們養不起這麼多人。」仇老師思考後道，「至於這個人……我相信，從他身上應該還能套出一些有用的情報。」

何卓鴻下意識倒退了兩步，但馬上就被其他人拉回來。

而在這個時候，黃俊傑也打了個手勢，我們看了看他。

「分成左右兩側，從門口和窗邊的方向包抄過去！」黃俊傑悄聲道，「現在就行動！我們沒時間等他們把話說完了！」

我們聽完，就頗有默契地分為三人一組，我和妹妹、阿源他們朝著窗邊的方向，黃俊傑、梁俊聲和林小雯朝著門口的方向，以這些老師為目標潛了過去。

像是配合著我們一樣，何卓鴻在這個時候也開始掙扎起來，「放我走啊！我什麼也不知道！」

那些老師見狀，雖然不至於手忙腳亂，但也暫時把注意力集中到他的身上。

這個時候，我們距離那些老師只有兩三步之遙，我慢慢地接近，拿起鐵片朝著其中一人的背部斬過去！

22

「啊啊啊啊！」被我斬中背部的老師慘叫出聲，雖然是斬中了，但由於鐵片的厚度不夠，似乎沒有對他造成什麼致命的傷害。

「你在幹什麼，剛才那一刀要是斬在頸上，他就死定了！」梁俊聲說完，拿起自己的鐵錐，為我們做了一次完美的示範。

喀嚓！

梁俊聲手上的鐵錐，分毫不差地插進了那名女教師的大動脈上。接著，他一手緊握那根鐵錐，往左方硬生生地拉出來。

伴隨著鐵錐跑出來的，是大量的血液，還有一團被拖出來的肉塊。

「咕，嗄，嗄，嗄，咯，咳！」女教師捂住傷口，倒在一旁的垃圾袋上，發出意義不明的話語，渾身劇烈地掙扎著。

即使有急救包，也未必能在短時間內，止住這個如此大規模出血的傷口。

不論是我們、還是老師、或是何卓鴻，甚至是林小雯，也因眼前這個動手卻一臉平靜的人而呆滯了一會兒。

但現在不是就此停頓下來的時候。

阿源接著拿起鐵管朝原本我沒殺死的老師的頭顱打過去，由於那兩名老師正提著垃圾袋，一時之間也無法拿起武器反擊，就這樣硬生生地被打暈了。

而這個時候，其餘的老師也幾乎在同一時間拿出了武器，開始向我們做出還擊。

相較於我們這些從垃圾桶裡找到的雜物，老師們拿著的才算得上是真正的武器，各式各樣的短刀、鐵棒，我甚至看到站在中間的仇老師，拿著一柄露出精光的開山刀。

「你們好大的膽子。」仇老師臉色一冷，「竟然連殺人這種事情也做得出來，這已經不是學生觸犯校規這麼簡單了。」

「是你自己說的，這裡叫天天不應，叫地地不靈！」梁俊聲說完，揮動手中的武器打算刺向另一人的頸椎，「我們只是依照老師的話行事而已！」

「哈。」一快被刺中的那名老師笑了笑，躲開了梁俊聲的攻擊。

「你以為這種玩具可以在真正的戰鬥派上用場嗎？」老師說完，舉起刀就朝著梁俊聲的臉頰斬去。

梁俊聲低頭一閃，躲過了他的攻擊。

我專注看著他們兩人之間的戰鬥，卻忘記自己也身在其中。

「啊——！」這個時候，另一名提著垃圾袋的老師，也拿出了一柄工具箱裡經常看到的鐵鎚，朝著我的方向揮來。

「哇啊！」我舉起雙手擋住了那一下攻擊，只感覺左右手的骨骼幾乎都要碎掉了。

「白痴，在這種狀況下還分神！」那老師獰笑著，衝上前再一次打向我，不過這次卻是瞄準頭蓋骨的位置，「讓我好好為你上一課吧！」

「這句話，我原封不動地還給你！」我說完，右腳朝著老師的下盤一掃，他也因此失去重心倒下。

我把握這個機會，舉起鐵片朝著他的要害刺去。但由於雙手剛被鐵鎚打中，無法使出力氣，在我把鐵片插進他的臉頰時，他就成功掙脫了，僅僅對他造成了一個小洞的傷口。

「哇啊啊啊啊！」發出如同野獸般的叫聲，老師掙脫鐵片，並再度揮動鐵鎚，攻擊我的左肩！

我的肩膀冷不防就被鐵鎚打中，整個人因此翻倒在附近的地上，這次我可以肯定，我的左手已經無法在這場戰鬥中派上用場了。

「我的隊友呢？都死哪去了！」我氣憤不安地大叫，「這裡就只剩下三名老師而已，怎麼弄得好像只有我一個人一樣！」

「來了來了，別著急啊。」

阿源的聲音從那名老師的背後出現，那老師聽到阿源的話，不禁愣了愣。

「我這個人是很喜歡公報私仇的。」阿源左手使力，一手就用鐵管打穿了那名老師的腦袋，「要不是你向校長打小報告，我早就可以當上主任了，用不著待在那個地方好幾年。」

那名老師的瞳孔瞬間縮小了許多，手中的鐵鎚下意識地揮動回去，想打退身後的阿源，但是像這樣的打擊類武器，很難對背後的敵人造成像樣的傷害。

阿源輕鬆地閃躲了那個攻擊，然後再一次，以鐵管打在那名老師的身上，一次又一次，不斷地擊打著。

「就是你這個畜生！」

我從來沒見過總是內向怕事的阿源露出如此扭曲的表情。

「死吧！死吧！死吧！」

被鐵管打中的老師，此時也已無法做出任何反抗，只能躺在地上任由阿源攻擊。

而我所能做的，就只有搶走他和另外一名老師手上的垃圾袋，並嘗試跑出門外。

「我們的目的已經達成了！」我回頭大叫，並不斷祈禱自己的雙手不會在這個時候因為失去力量而讓袋子鬆脫。「沒有必要戀戰！快跑！」

23

我拉著妹妹，把她推到門外的走廊上，「妳幫忙拿著這兩袋食物。」把垃圾袋塞給她以後，我打算回到裡頭幫助黃俊傑他們。

「我們先跑吧！你現在這樣，回去也幫不了什麼忙！」妹妹捉住我，「你現在回去的話，只會讓自己傷得更重而已！」

「沒事。」我掙脫妹妹的手，並衝回教室裡頭，「就只剩下兩名老師而已，我們有五個人。」

我是這樣說，也是這樣想的。但當我回到教室的時候，情況卻遠遠超乎我的預料。

那一名老師倒下了，現場就只剩下仇老師一人。

可是，除了仇老師以外，所有的人都受了傷，而我非常肯定，這些傷都是被仇老師手上的開山刀斬出來的。

阿源的左手被斬出了一個大缺口，正躺在牆邊喘息著。

梁俊聲的胸口正不斷地流出鮮血，他是唯一一位還站著的人。

黃俊傑是當中傷得最重的一個，他甚至已經失去意識了。

林小雯或許是眾人當中傷勢最輕的人，但從她左手流出的血量來看，她應該也無法再投入戰鬥之中。

仇老師——不，現在的他已經不算是老師了。

就正如他所說的一樣，他和我們　樣，都只是在這場災難中掙扎求生存，無所不用其極的倖存者而已。

「仇柏希！」我憤怒地叫著他的名字。

「嗯？怎麼了？」仇柏希回頭望向我，一臉茫然不知的表情。

剛才因為搶垃圾袋，以至於沒有機會拿武器，但現在就有了。我彎下身子拿起兩名老師落下的短刀，在確認自己的雙手已經稍微恢復了之後，就朝著仇柏希的方向攻去！

「不要看了一些動畫，就以為拿著兩把刀的人比較強！」仇柏希譏諷道，「你也要有這樣的能力才行！」

說完，仇柏希就舉起開山刀一揮，打走了原本應該斬在他身上的左刀。

而正當我的右刀就要斬到他的腰間，他的開山刀也及時回來，擋住了我的攻擊。

好快！

我不禁在內心驚訝。

在兩刃相交之後，仇柏希竟然還有餘力抽出開山刀，朝著我的頸部斬來！

我連忙把右手的刀架在自己要害的前方，擋下了這一次的攻擊，但也因斬擊的威力而後退了數步。

而且……他的力氣也比一般老師大上許多！

我想起了何卓鴻的話，此刻，他和那兩名跟班，正恐懼地躲在教室的櫃子後面，就像我們剛才一樣。

「你明明是前年才來這裡，卻在如此短的時間就爬到這個位置。」

我再一次把何卓鴻講過的話說了出來。

「你到底是怎麼做到的？你……到底是什麼人？」

回應我的，是另一道來自開山刀的斬擊。

「嗚！」我又後退了一步，可以明顯地看到，手上的刀已經被斬出一個缺口了，再這樣下去，就算刀被打成碎片我也不會驚訝。

我格擋著仇柏希的斬擊，並默默地觀察他收刀的空檔。

斬，擋！斬，擋！斬，擋！

我看準機會，在仇柏希收刀的瞬間，再一次朝著他的方向斬過去！

這一次，刀終於成功地斬在他的右臂上，並濺出了大量的鮮血。

然而，我原以為他會因此至少有退縮的舉動，但他甚至連叫一聲也沒有。

他舉起手來，仍然朝著我的右手揮刀。

嚓！

即使受傷，也不會放棄重創敵人的機會。

這個人，是一個真正「懂得」戰鬥的人。

正當我發現，我的右手神經已無法再操控什麼的時候，才看到飛往前方的一條手臂。

那是我的手臂。

「哇啊啊啊啊啊啊——！」

瞬間，痛楚傳遍了每一根神經，使我不由自主地開始尖叫。

恐懼、痛苦、憤怒等情感，也跟著痛楚傳達到腦中。

我原以為自己會因此痛得立即昏迷，但或許連腦袋也非常清楚知道，只要我在這裡倒下，我將永遠無法再醒過來。

我想用僅剩的那隻手再次傷害那傢伙的手臂，但如同剛才一樣，他的速度絲毫沒有變慢。

開山刀又回來了，又一次地擋住我的斬擊，並順勢將我推了出去。

這次，由於失去一條手臂的緣故，我的身體似乎還沒找到平衡的重心，因此被他打倒在地。

「你挺行的啊，竟然能撐到現在。」仇柏希用開山刀指著我的臉說道，「不過，我已經失去耐性了。」說完，就朝著我的方向斬過來。

我見狀，只能無力地閉上眼睛。

「不！」

就在這個時候，原本陷入昏迷的黃俊傑，竟衝到仇柏希的面前，還拿著剛剛從老師身上搶過來的鐵鎚，一鎚打在他的後背！

24

「咳！」仇柏希冷不防地被黃俊傑的鐵鎚打中，原本的攻擊也被打斷，轉過身來想要攻擊黃俊傑。

我痛苦地站了起來，想上前幫助黃俊傑，卻被他阻止。

「不要過來！帶著這些人快跑！」黃俊傑說完，往自己的四周揮動鐵鎚，「我已經什麼也看不清楚了！別再讓我在這裡聽到兩個人以上的腳步聲，不然我就殺了你們！」

「你瘋了嗎？要留下也是我留下！」我咬緊牙關，試圖讓自己的聲音不會因為疼痛而顫抖，「你的傷勢最重，留下來又能做什麼？」

「你以為我看不清楚，就等於什麼也看不見，你連手都斷了，又能做什麼！」黃俊傑擋下了仇柏希的另一次攻擊，「我老實告訴你，老子最怕女人哭了！你他媽的還有個妹妹！給我滾回去照顧她！」

「……走吧……」梁俊聲緩緩地走過來，捉著我和林小雯、阿源他們一起往外頭跑去，「……我們什麼也做不了，留在這裡只是白白造成更多人的死傷而已……」

我想使力掙脫梁俊聲的手，卻發現此時因為失血過多的緣故，我已經無法使出力氣來了，「可惡啊！黃俊傑，要是你死了，我一定不會讓你好過的！」

我在幾乎跑出家政教室大門的時候，用盡最後的力氣大叫道。

「哈，人都死了，還有什麼好過不好過的。」黃俊傑喃喃道，「雖然你在班上沒有什麼朋友……但老實說，我這個人是把你當作兄弟看待的，要好好地活下去啊。」

「為什麼？」仇柏希問道。

「沒有為什麼。」黃俊傑握緊了鐵鎚，向仇柏希做出最後的攻擊，「只是因為，他在那一天借了東西給我而已。」

借了東西？我不禁在心裡問道。

彷彿一場很久以前看過的電影重新播放，你大概記得名字、記得當中的幾個情節，但其餘什麼的，都不記得了。

我到底忘記了什麼？

想到這裡時候，我幾乎失去了所有的意識。

「可惡……」

周遭的事物開始失去色彩，能聽到的聲音，也變得越來越少。

最後看見的，是妹妹見到我的傷勢的時候，幾乎要哭出來的樣子。

對……

我閉上了眼睛。

對不起。

＊＊＊

我作了一個，很長、很長、很長的夢。

夢見我仍是那個，想要維護世界和平、維護正義的人。

夢見我，為了一個人而挑起了全班的怒火。

「你們！」我站在昔日的小學班級門口，對著那些小學同學說道。「你們再欺負那個人的話，就別怪我不客氣了！」

沒有人理會我，那群男孩仍然圍在那個人旁邊，恣意地拳打腳踢著。

那時候的我不算太高，也很瘦——雖然到現在也一樣就是了。

但是，那時候的我還有著滿腔熱血。

我怒吼著，並拉開每一個嘗試繼續踢著他的人。

……直到自己轉變成被圍毆的目標為止。

「你啊。」到了保健室，或是不知是哪裡的地方，那名同樣需要接受治療、被欺凌的男孩笑著說，「實在是太弱了，弱得令人生氣啊。」

「哼。」我不禁有點氣憤，但由於身上的傷勢只能低下頭來，「這是對救命恩人應該有的態度嗎？」

「……對不起，其實，我也不想這樣做的。」坐在另一旁，一個參與欺凌行為的男生，內疚地哭了起來，「只是……如果不和其他人一起欺負你的話，就會被其他人排斥的……」

「那我還真是倒楣啊。」被欺凌的男孩苦笑起來，「剛好成了被欺凌的對象……是說，你剛剛幫了我，也會被其他人排斥吧。」

「沒關係，就算與全世界為敵，也要相信自己心中的正義！」我將這句不知是哪齣動畫中的對白搬了出來，握起拳頭意氣高昂地道。

男孩聽完，呆若木雞地看著我，然後大笑出聲。

「哈哈哈，為什麼還會有這種幼稚的人？你都已經小學一年級了，成熟一點好不好？」男孩笑著。

然而，他卻開始慢慢地哭了起來。

「你根本不需要……為了這種無聊的事……去幫助一個人的……」

我看著那名男孩，想起自己書包裡放著的某樣東西，連忙將書包打開。
原來，我曾經是個不會冷眼旁觀一切的人。
「給你。」我把紙巾交給了他。
原來，我和這個人從很久以前就已經認識了。
「不是給，」黃俊傑接過紙巾，裝作堅強的樣子看著我，「是借。今天你幫了我，以後我會還的。」
原來，那個混蛋，竟然還記得這件事。

25

我從夢中醒了過來。
妹妹看見我睜開眼睛，立刻撲向我大哭起來，我看了看周圍，發現我們身處一個小房間中。
「歡迎來到機房。」阿源道。
「這樣啊……」我決定先安慰妹妹，「對不起……讓妳擔心了，我下次不會再這樣做了。」
「還有下次嗎？」妹妹看著我，邊流著淚邊發怒道，「你知道你倒下來的樣子有多嚇人嗎？簡直就像是……像是已經死掉了一樣啊……」
「沒關係的，我還活著啊。」我笑道，「除非你們都已經死了，不然就證明我還活著了。」
「廢話。」妹妹用哭得紅腫的雙眼瞪了我一眼，「你當然還活著！」
聽到活著這個詞之後，我突然驚醒過來，「黃俊傑呢？黃俊傑在哪裡？」
除了亦穎晴和阿源以外，梁俊聲和林小雯兩人都在這裡。
只是，有一個人不在。
「他……我想，他很難有生還的機會。」梁俊聲帶著歉意道，「對不起，在你倒下以後，我嘗試揹起你逃跑……然後仇柏希他，已經開始從家政教室走出來了。」
仇柏希已經從家政教室走出來了。
那就代表，裡頭已經沒有任何「需要注意的危險」。
聽到這裡，我的整個身體有如掉進冰河中一樣寒冷，並充滿了不甘心和憤怒。
「其實……這已經是最好的結果了。」梁俊聲道，「至少我們還搶到了食物活下去，而且又知道更多學校的情報……加上，死去的人是提出計畫的那個人，他自己很清楚這一趟會有什麼風險——」

「去你媽的！」我衝上前，雙手捉住梁俊聲的衣服，把他壓在牆前，「要不是我們太弱，他根本就不用死！我們沒有一個人需要死！」

「對啊，就是因為我們太弱了！」梁俊聲厲聲道，「就是因為這樣，我們才需要好好想辦法，不要讓同樣的事情再度發生！現在，你還想回頭做什麼？繼續向前走啊！」

我聽到梁俊聲的話，再也無法冷靜下來，我一手提起梁俊聲，打算以另一隻手打醒這個沒有人性的——

等等。

我把梁俊聲放下，並看著自己本來已經斷掉的手。

「為，什，麼？」我看著那隻手，驚愕地道，「不是已經……斷掉了嗎？」

回來了。我的手長回來了。

「告訴你一件事吧，這就是從我們逃離後的那一刻開始，不斷發生的異狀。」梁俊聲道，「事實上，不僅是你，連我、阿源、林小雯，所有人的傷勢……都慢慢地、完整地，復原了。」

我看著梁俊聲，一時間還不明白他這句話的意思。

「基於某種原因，我們身處的這個地方，似乎有著加速人體自癒的現象。」梁俊聲繼續道，「在這裡，該死的人還是會死，但只要還活著的人，很快就會恢復過來。」

「已經……過了多久了？」我斷斷續續地問道。

「兩天。」梁俊聲回答，「你在這個地方睡了兩天，只有你一個人睡了這麼久。」

「不，這根本不是天數的問題。」我搖搖頭，不禁暗自責罵自己的愚蠢，「無論睡多少天，斷肢都不會長回來，這不可能。」

「要不現在你再把手斬斷一次看看？我們親眼看著你的手，由最初的什麼都沒有，到後來完全恢復原狀。」梁俊聲戲謔地道，「你在不相信什麼？」

我再度沉默了起來。

「這就是我們目前身處的，這個世界的現象。」梁俊聲冷靜地道，「由此我甚至可以猜測，我們已經不在地球，或是擁有正常生理法則的世界上了。」

「……為什麼？」

「不知道。」梁俊聲直接回答，卻是有點責怪我的口氣，「你以為我是誰？我們也只是比你在這個地方多生活兩天而已，這兩天我們都在躲避仇柏希的追蹤，不敢離開這裡太遠，加上那些該死的學生組織，你能醒來自己行動，對我們來說就是最好的消息。」

我又一次地陷入了沉默。

淹沒視野的白霧、斷絕一切對外聯繫的學校，以及現在的斷肢再生。

「只要你醒過來，我們就可以繼續行動了。」梁俊聲說，「我們要把一切都查個水落石出。」

26

「那麼，我們要由什麼地方開始？」在確認自己的心情徹底平復後，我再一次問梁俊聲，「你說要查個水落石出，總得先有個計畫吧？」

「這個計畫的第一步，就是要等你醒過來，我也早就告訴這裡的其他成員了，他們都同意這點。」梁俊聲道，周圍的人也跟著點頭。

「廢話。」我發現自己在不知不覺間也用起妹妹的口吻，「那第二步呢？」

「老實說，我們這兩天，都只是靠著那天搶來的食物維持三餐，我們誰也沒有走得太遠。」阿源道。「我和其中一名校工有點交情，所以請他收留了我們……而仇柏希那邊，似乎正被學生勢力的事情困擾著，沒空管我們的死活。」

「所以，我們計畫的第二步就是……走出去到處看看？」我猜測道，「如果是真的，那還真是一個……挺有創意的計畫啊。」

「不然你還想怎樣？」梁俊聲白了我一眼，「如果我們不先搜集情報的話，要怎麼樣才能在這片荒蕪之地活下去？」

「也對、也對。」我並沒有責難梁俊聲的意思，只是有點疲憊，不想費心神回應而已，可在他看來，我的舉動就像是敷衍他一樣，也難怪他會因此生氣。

「那麼，我們這就出發囉？有沒有什麼需要注意的地方？例如搜索的目標，該找到什麼，又該避開什麼之類的。」我嘗試活動自己的身體，在機房睡了兩天，感覺身體都已經僵硬了。

「不需要太多人去，兩、三個就可以了。」梁俊聲道，「其餘的人要留在這裡，確保沒有人會在我們離開的時候偷偷進來把食物拿走。阿源，你應該不會把我們有大量食物的事告訴那名校工吧？」

「當然沒有，你當我是傻子嗎？」阿源搖頭。

「那就好。雖然如此，我們還是要派人守著。」梁俊聲說道，「那麼，你來選擇吧！我們分成兩組，一組留在這裡，一組到外頭搜索，你選哪一邊？」

「當然是到外頭去，難道你會以為一個在同一處躺了兩天的人，醒來以後還想要留在那個地方？」我毫不猶豫地回答道，「我要到外頭去。」

「好了，既然你選擇要去，那麼……」

「那我也要去。」這個時候，在角落默不作聲的妹妹說話了，「我不會再讓他單獨行動了，他想去什麼地方，我也要跟著去。」

「哥哥現在要上廁所，妳要跟來嗎？」我想了想，還是決定把這句話吞回肚子裡，看妹妹此刻認真的表情，實在不宜用開玩笑的方式來回應她。

「好吧，這也和我原本的想法差不多。」梁俊聲點了點頭，「亦穎常，就你們兩兄妹出去吧，你們要去調查的，是現在學校的主要局勢，知道他們正在做的事，有什麼勢力組成了，更重要的是，學校有什麼異狀。」

「也就是所有的事吧？」我說完，拿起鐵管就朝著外頭走去。

「對了，如非必要，不要和任何人交流，我們不知道仇柏希有沒有通緝我們。雖然從這兩天的動靜看來，這個可能性應該微乎其微，但還是要當心。」梁俊聲道，「小心駛得萬年船。」

「知道了，船長。」我對梁俊聲行了一個軍禮，然後和妹妹一起走了出去。

在這個時候，我才發現，自己對於整間學校的架構，竟然仍是如此陌生。

「我們……到底在哪裡？」

站在這個有如地下走廊的空間裡，加上無處不在的白霧，我一瞬間還以為自己來到了奇幻世界的魔王城。

「你不知道？」妹妹驚訝地道，「你不是在這裡讀了六年嗎？」

「我當然在這裡讀了六年沒錯，只是……我沒有當過校工啊。」我皺眉道，邊說話邊嘗試搜尋自己腦中的記憶，看能不能找到對應的搜尋結果，「而且，我連這裡是幾樓也不知道。」

「我記得梁俊聲在前天說過，這裡是與校舍完全分開的建築物，是校工住的地方，只是距離比較近而已。」妹妹想了想以後道。「我們現在正在地下一樓，據說下面還有一層地下二樓，上頭則有一樓、二樓、三樓。」

「那根本就是魔王城了，只差在關鍵時刻會不會跑個真．地下一樓出來而已！」我吐槽道，「對了，我們要到別的樓層，是不是需要打贏那一層的頭目才能通行？」

「才剛恢復，你那愛說廢話的毛病又發作了。」妹妹看準時機譏諷道，「你不如先回去睡一覺再來？」

「我睡了的話，不知道有誰又會哭呢。」我伸出手指朝妹妹的額頭戳了一下。「不斷有人為我而哭，雖然是很高興，但也不太捨得啊。」

「喂！」妹妹的臉頰脹紅了起來，不過她也只是舉起手打了我一下，然後就轉過臉去，獨自走了起來，「快進行吧，別讓其他人等我們太久。」

「是的、是的。」

我吃吃地笑了一聲，跟上妹妹的步伐——

但在這個時候，身後卻有一個聲音叫住了我們。

「你們，是什麼人？」

我們聽見，也只能緊張地回頭望過去。

27

在看到那人的樣子之後，我們頓時放鬆下來。

「你不認得我們嗎，波叔？」妹妹指著我，「他就是在圖書館大吼大叫的那位啊。」

「哦，我想起來了，阿源說你們要留在這裡的。原來你們也是其中的一分子啊。」

波叔恍然大悟，「記得不要在這邊大叫啊，不然把那些老師引到這裡來就不好了。」

為什麼之前的事現在還記得那麼清楚？我不禁頭痛起來。

「波叔，這裡只有你一個人住嗎？還是有其他的人？」妹妹開始搜集情報，畢竟找個人問總比自己去找快得多。

「幾乎所有的校工都住在這裡，即使是以前沒有住在這裡的校工，也被我們收留了。」波叔回答。

「不過現在是早上，所以那些人都回到學校搶掠資源了……唉。」波叔慚愧地道，「我怎麼也沒想到，自己在這間學校工作了這麼多年，到最後竟然還要和學生對抗啊。」

「這也是無可奈可的事。」我想不到該怎麼安慰他，也或者是我覺得自己沒有這樣做的資格。

「你們就這樣走出去……好像有點危險啊。你知道，學校那邊的人都已經瘋了。」

波叔說完，提議要我們到他的房間去。「我那裡還有點防身的武器，至少比你們現在握著的更有威嚇力。」波叔朝著遠離樓梯的另一端走去，「你們過來拿兩件吧。」

我們起初以為波叔只是在開玩笑，但沒想到，他真的把我們帶到他的宿舍來了。

走到最盡頭的那個房間，波叔取出鑰匙打開門，然後走進去，「愣在這裡幹什麼？快進來啊。」波叔回頭對我們說道。

我和妹妹互看了一眼，也跟著走進去。

波叔的房間比我們藏身的機房大一些，不過也是僅僅四步之內就能從一端走到另一端而已，但最引人注目的，就是所有東西都排得整整齊齊、非常乾淨的環境，由此也可以看出波叔的職業。

「你們隨便坐，我到裡頭把東西拿給你們。」波叔說完就走進了廚房，開始翻箱倒櫃地尋找著。

我和妹妹坐在一張長木椅上，我們面前是一張茶几，再前方是一部電視。

「不如我們打開電視，看看今天有什麼新聞吧？」我向妹妹提議，妹妹完全沒有理會我。

沒多久，波叔就回來了。

他拿著兩支一大一小的長棒，波叔把它們放到桌上，從它們所發出的沉重聲音看來，這東西的確比我們現在拿的有震懾力多了。

這兩支長棒的樣子看起來就像棒球棒，只不過這個是鐵製的。

「我曾經用這個東西，在後山打死過一頭野豬！」波叔指著那支大的長棒道，「你看上面的血跡，就是我當年打那頭豬留下的！」

「這裡竟然還有野豬？」我驚訝道，「如果現在我們到後山去，是不是有可能還會碰到一、兩隻？」

「呃……這我就不知道了，不過我不建議你們這麼做。」波叔道，「後山那邊很容易迷路的，雖然是屬於學校的範圍，但如非必要，我們都不會去那裡……那邊天一黑，不知為何就有種陰森的感覺。」

「一……二……三……喝！」妹妹雙手拿著長棒，在數到三以後一口氣奮力把它拿了起來，「咦，看起來沒有想像中的重啊？」

「當然了，但揮下去可是棒棒到肉的！」波叔得意地拍拍自己的心口道，「相信我！」

我和妹妹面面相覷，不知道該說什麼。

「嗯？怎麼了？」波叔問道。

「謝謝你。」我還是決定把自己的想法說出來，「……通常，身處某種極端的環境時，人就會顯露出他們的真本性，周圍的人都是這樣。」

「你的意思是，你以為我會害你們？」波叔說完話後，大笑出聲。

「的確，在某些不得不的情況下，即使再善良的人，為了自保也會變得殘酷起來。」波叔說。「可是這並不代表，他平常的一言一行，全都是他虛偽的表現啊。事實上，所有人都是因為某種環境，就像現在的情況，才強迫他做出某種行為的，沒有什麼真不真假不假的。」

「這個世界的人不是只有一種面向，存在著惡的同時，也自然存在著善。至少，我是這麼認為的。」

在把我們送出房間以後，我和妹妹再一次感謝了波叔。

「別客氣，要是你真的感謝我的話，不要把那支大的鐵棒弄壞就行了，那可是我值得紀念、引以自豪的東西啊。」波叔又大笑起來，並伸出雙手摸了摸我們的頭，「小心一點。」

「嗯。」我感動地點點頭，和妹妹一起離開了房間，再一次朝著樓梯走去，也聽到了波叔關上門的聲音。

「我一開始也以為他是在盤算著什麼，才把我們叫到那個房間裡去的。」妹妹老實地道，「……看來我們都變了啊。」

「變的只是這個環境而已。」我安慰妹妹道，「我們……只要回到現實世界去，就不會再看到同樣的事情發生了。」

28

「好吧，現在我們該怎麼做？」妹妹問我，「是要先回到學校，還是先在這裡搜索？」

「先回到學校吧，我想這裡也找不到什麼。」我想了想以後說道，「不過，在進入學校之前，不如在這附近逛一圈看看？」

「沒問題。」妹妹回答。於是，我們就先在這棟校工宿舍繞了一圈。

由地下一樓走到最高的天台，我們一路上看到的，都和地下一樓看到的沒兩樣，事實上，就只是一座普通的住宅而已。

打開通往天台的門，外頭的霧也更濃了。

「哇，我們會不會從這裡掉下去啊？」妹妹擔憂地道，「還是不要走進去吧，這邊連地板也看不清楚！」

「嗯……也對。」我剛想回頭，卻還是有點不甘心，「算了，我還是出去看一看再回來吧，妳在裡面等著，我很快就回來。」

「不行，我也要跟你去。」誰知道，我才剛踏上天台，又被妹妹硬生生地拉了回來，「不然，你可能又會做出什麼超乎常人意料的舉動。」

「好的、好的……真是煩人啊。」這樣說著的我，馬上被妹妹打了一拳。
然後，我再次走了出去。
妹妹看著那白茫茫一片的地板，遲遲不肯踏出第一步。
「喂，妳真的要跟上來嗎？」我覺得有些好笑。
「急什麼！」妹妹惱怒地道，一副想走又不敢走的模樣。
「算了，妳牽著我的手走吧。」我對著妹妹伸出手。
「咦？」妹妹看著我的手，吃了一驚，「……哦，好吧。」
於是，在這樣的情況下，我們牽著手往天台的邊緣走去。
「其實也沒什麼好怕的。」我故作鎮定地道，「妳看，只要仔細看，還是能看到遠處的景物，這樣就能知道天台的邊緣到了沒。」
「可是你的手正在流汗。」妹妹道，「正在流很多、很多的汗。」
「這才不是因為我害怕呢！」我大聲辯解道，「只是最近天氣太熱而已！」
在說話的同時，我嘗試大步移動為自己壯膽，卻在這個時候踢到了不知道什麼東西。
是石頭嗎？
我低頭向下望。
是一個人。
「是你啊。」潘菁妍看著我，睡眼惺忪地對我打招呼，「早安。」

我在看到潘菁妍的臉的同時，也立刻拉著妹妹回到了天台門口。

「怎、怎麼了？」妹妹一口氣被我拉回門口，急促地問道。

「我和這個人……發生過非常嚴重的爭執。」我決定以這樣的方式介紹潘菁妍，「她是一個很危險的人，要解釋的話就是這樣。」

「我說過……我真的不想這樣做的。」潘菁妍委屈地道，「可是，時間已經不多了，我又想不起必須這樣做的原因，所以也只能這樣了。」

「那妳現在想起來了嗎？」我小心翼翼地取出鐵棒，防止她突然發難衝過來。

潘菁妍望向我，一副憂心忡忡的表情。

「為什麼，我會忘記呢……」潘菁妍低下頭道，「我只記得，當我們完全明白這裡的真相後，一切就無法挽回了，所以我才會這樣焦急地到處找你啊。」

「到處找你？」妹妹聽完，冷冷地望向我，「你到底做了什麼事，亦穎常？」

「叫我哥哥。」我回答，然後繼續問潘菁妍問題。「妳說這裡的真相，指的是什麼？」

「如果我記得的話，還用得著這樣說嗎？」潘菁妍苦笑，「我就是不記得，才這樣說的。我想你現在肯定不會相信我的話了，我會嘗試回憶起更多的事情。」潘菁妍說完，竟然往天台邊緣一躍而下，「千萬要小心啊。」

我們看著潘菁妍往下方跳，和上次一樣，這次也聽不見任何的聲響。

我記得那下面有軟墊之類的東西，所以她應該不會有事的。

嗯，你也是。

不知道為什麼，我似乎也聽見了她的回答。

「她到底是誰？」妹妹問道。

「我……」我絞盡腦汁地回想著，但，和黃俊傑的事不一樣，這一段記憶，甚至連碎片的痕跡也看不到。

「我不知道。」我只能這樣回答，「但她說的話是對的，千萬要小心。」

29

回到平地後，我們走到學校的大門，準備進去搜索。

原本是打算直接通過大門抵達操場的，但在這裡走動，似乎已經沒有我們想像中那麼輕易了。

「前面有人。」我低聲道，和妹妹躲在一旁的牆邊等待。

只見兩名老師背對外面的入口，看管著通往二樓的操場，似乎不想讓任何人通過這裡。「還真的讓梁俊聲說中了，這些老師開始封鎖所有出入口了。」我道。

「雖然只靠兩個人，應該擋不住一整群學生……但是像我們這種小型隊伍或獨行俠，根本就別想過去了。」我分析道，「我可不想在這裡和他們打起來。」

「不然走那條我之前進入學校的路？」妹妹提議道，「我想那些人應該還沒有發現才對。」

「就走那邊吧，也是唯一的方法了。」我點點頭，於是跟在妹妹後頭，來到學校的側面。

「就在這裡，果然還沒有封起來。」妹妹高興地道。

我們學校側面有一道通往後山的樓梯，樓梯的中間有一個位置十分接近學校，如果想在沒有人發現的情況下潛入學校的話，從這個地方可以直接進到三樓的走廊。不過，前提必須是這裡沒有人。

「如果裡頭有人的話，我們進去豈不是束手就擒？」我擔憂地問道。

「不會有事的，這裡霧這麼大，進去了也沒人看得到。」妹妹說完，就爬到窗邊走了進去。

「喂，也別這麼快就進去啊。」我嘆了一口氣。我這個妹妹處理課業問題是很細心的……但其他事情都是行動優先於大腦。

我自然不能讓妹妹等太久，於是也進入了學校裡。

當我蹲低進入學校內部時，下意識地想大叫尋找妹妹的位置，卻發現離我不過三四步遠的妹妹，正拚命地打著手勢叫我不要發出聲音。

我往上一看，才發現我的面前站著兩個人——有兩名學生正朝著三樓的樓梯口走去。

在移動的同時，他們也互相對話著，我們見狀便悄悄地跟蹤他們，偷聽他們的對話。

「聽說在教師休息室被學生占領之後，這些老師就封鎖了整間學校的主要通道，說是不允許學生隨意進出。」其中一名學生道，「這樣一來，也增加了我們學生會組織在一起的難度。」

「哼，老師們也只是掌握了武器和藥物的來源而已。」另一名學生不屑地道，「自從葉震霆那些人成功攻破教師休息室，把裡面所有的食物都取出來以後，這些老師就什麼事也做不了。」

「我看沒有這麼簡單，你不覺得那次突襲是老師故意退讓的嗎？」學生道，「他們進攻的時候，我們學生會的一些學生也躲在一旁看著……那群老師連反抗都沒有，就這樣一個一個走了出來，甚至連一場打鬥都沒發生，就這樣輕鬆地進駐了教師休息室。」

「不管怎樣，失去了食物來源，他們也別想做出什麼聚集學生的行動了。我們還是快點回去吧，總覺得這個地方有人正注視著我們。」

聽到「有人正注視著我們」這句話，我和妹妹都不約而同地吃了一驚，並呆立在原地。

接著，他們就離開了我們的視線範圍，走到二樓的走廊了。

「……聽見沒，五樓的教師休息室被葉震霆那些人占據了。」我說道，「按照這些人的話判斷，還是老師們故意讓出來的，總覺得有什麼陰謀啊。」

「學生會、葉震霆那些人、老師，我剛剛聽到的勢力就有三股。」妹妹說道，「我們不在學校的這兩天，真的發生了不少事情。」

「不然，我們也跟著他們走到樓下看看？」我指著前方道。

「太危險了吧，誰知道這樣會不會直接跑到學生會的總部去？」妹妹搖頭，「我想，就算學生勢力再大，總會有一些還沒加入任何一方的獨行俠存在的，就和你一樣。」

「總覺得，這句話充滿了嘲諷的意味在啊。」我翻了個白眼。

「總之，我們先在這個地方搜索吧。」妹妹說完，轉頭回到三樓走廊的中心。「這些人說了『回去』，就代表這個地方不屬於他們，雖然也有可能是屬於別的勢力，但我們可以賭一把，看這裡有沒有能夠告訴我們更多事情的人。」

38

我們沿著走廊的邊緣蹲行，慢慢地朝著前方走去，藉此降低被其他人發現的機率。

跟前幾天還有一大堆人站在教室外相比，現在這個地方已經幾乎沒有任何人會隨意在走廊上走動了，除了剛才一進來就遇到的兩名學生外，我們再也沒看見其他的人。

我們搜索的方式是，走近走廊上的每一間教室，迅速地抬起頭看看裡面是否有藏著學生，等確認沒有人以後，再蹲下身子繼續往前方移動。

雖然這種做法可能會忽略某些藏有學生的班級，但既然他們會藏起來，就意味著不想和任何人有所接觸，即便我們發現了他們也沒有用。

「……只是，梁俊聲叫我們別和任何人打交道，但最後我還是用了這個方法，總覺得有點漠視他了啊。」妹妹道。

「這只是他的建議而已，又沒有規定我們必須怎麼做。」我道，「而且，現在老師在這個地方已經不再是絕對的權威了，只要不遇到他們，我們和其他學生對話應該是沒問題的。」

說完，我照常抬起頭，看看裡頭有沒有什麼人。

誰知道，我才剛抬起頭，就嚇了一跳，因為那間教室的窗口，剛好也站著一個正在往外頭看的人。

那個人看到突然從窗口現身的我，受到的驚嚇似乎比我更大，只見他以幾乎跌倒在地的姿勢，向著後方跳去——對，是跳。

「王亮端？是你嗎？」我終於看清楚這名受驚學生的樣子，便打開門跟他打招呼，

「你為什麼會一個人在這裡？」

「哇啊——原來是你們！下次不要用這種方式從一個人面前出現好不好？」這時王亮端終於也看清了我們的樣子，鬆了一口氣，「還好我沒有心臟病，不然就要死在這裡了！」

「你為什麼會一個人在這裡？你的朋友呢？」此時，妹妹也走進了教室裡，並順手把門關上。

「我和我的同學失散了，這裡到處都是發瘋的學生和熱愛封鎖樓梯的老師，只有待在教室裡才不會受到威脅。」王亮端無奈地道。「你們身上有食物嗎？我已經餓了大半天。在這裡不認識任何人，又不敢走出去，餓到全身使不出力氣來了。」

「呃……食物嗎？」我想了想，決定把一根從兩袋食物中取出來的巧克力棒交給他，「我只有這個而已，你需要的話就給你吧。」

王亮端看到巧克力棒的時候，臉部表情僵硬了起來。「咦？我只是訴訴苦而已，真、真的要給我嗎？」他看著我吞吞吐吐地問道。

「不然你向我們要食物是為了什麼？」我沒好氣地道，「快吃吧，我還有問題要問你呢。」

王亮端有點不好意思地收下巧克力棒，兩三口就把它吞進了肚子裡。

「你想問什麼？」吃光巧克力棒以後，王亮端問道，「事先聲明，我可能沒有你想要的答案，但只要是我知道的事，我一定會告訴你。」

「不是什麼太困難的問題，只是想知道這幾天發生了什麼事而已。」我道，「因為一些原因……我們離開了學校兩天，在這兩天之中，這個地方有沒有發生什麼我們必須知道的事情？」

「原來如此。」王亮端道，「這樣的話……我就挑最重要的事情講吧。你知道外面出現了一個大坑嗎？」

「大坑？你指的是地名還是什麼？」我問道，可以感受到背後傳來妹妹的鄙視。

「總之，你們到外面看看就知道了。」王亮端指了指教室外，「就算在這種充滿白霧的環境下，你們也能清晰地看到那個大坑的樣子……看起來實在是太恐怖了。」

和王亮端一起，他帶我們走到走廊望向操場的位置，並比出方向，「看，不用我特別形容位置，你們也看得到吧？」王亮端道。

不用他說，我們立刻就看到了那個大坑的樣子。

深不見底。

我們學校的操場約莫是四分之三個標準籃球場的大小，而那個大坑洞則占據了半個操場的空間。最特別的是，那個大坑內部竟然有著鮮藍色的光芒，這也是在如此大霧的狀況下，我們從三樓往下望仍能清楚看到大坑的原因。

「那到底……是什麼？」我整個人都愣住了，不禁出聲問道。

「老實說，我真的不知道。」王亮端道，「這是在兩天前的晚上出現的，整個學校的人都聽到了好幾聲東西倒塌的巨響，出來看就已經變成這樣了。」

「而且，那坑洞不是直線向下的，是像一條斜坡一樣，一路朝著下方延伸，任何人都可以依照正常的途徑走進去。到目前為止，前後已經有好幾名學生和老師跑進那個大坑裡搜索了，不過到現在，他們還沒有人回來過。」

31

「……哇哦。」

由於太過震驚的關係，我激動得連語氣的高低起伏也無法表現。

「真是——太厲害了。」我想，在我身旁的妹妹，可能也正處於同樣的狀況，所以說話的語氣也十分平靜。

「咦？就這樣？」王亮端對我們的反應有點驚訝，「先前看到這個情況的人，都會大叫甚至尖叫的。」

「這當然是因為我們都很成熟的緣故，面對任何事情自然相當地——淡定。」我機械式地點了點頭，「接著，能不能告訴我，那些自稱是學生會的人，是什麼樣的組織？」

「學生會指的當然就是學生會。」王亮端不假思索地回答，「簡單地說，這裡的學生在這兩天內已經分成了兩派，其中一派是以葉震霆為首的學生勢力，另一派則是昨天才重新組織的，以原有的學生會為首的學生勢力。」

「其中，葉震霆他們希望搶掠由老師保管的所有資源，繼而保障絕大部分學生的安全；而學生會那邊，希望透過和各方協商，回到一開始那時候，大家有秩序地分工合作進行搜索。」

「哦，難道是典型的帝國軍對反抗軍嗎？」我猜測道。

「也可以這樣說……雖然我覺得兩邊都不是什麼好東西。」王亮端說這句話的時候，不安地四處張望，像是怕會被別人聽到一樣。「事實上，不管是誰，言談間都很明顯地表露出：『我是為了自己而活』的內在想法……這也是為什麼三樓會變成不同意以上兩派做法的人的聚集處的原因。」

「也就是說，我們剛好到達了中立地帶？」妹妹問。

「沒錯，我記憶中，葉震霆他們占據了上層的地區，學生會則占據了下層的……這裡剛好就是他們兩方勢力的緩衝點。而那些老師逃竄到更上面去了，就是六樓和七樓的位置。」王亮端道，「如同剛才那些人說的，我也不太明白為什麼他們會突然放棄五樓的食物，逃到幾乎沒有任何資源的六、七樓去。」

「肯定是有什麼目的吧。不過現在的情況也不由得我們管這麼多了。」我道，「既然這裡的情況了解得差不多了，不如我們回去了吧？」

妹妹聽完，跟著點頭同意。

「回去？你們要去哪裡？」王亮端問道。「我還以為你們是打算來這邊長時間停留的。」

「當然不是。」我搖頭。「我們已經有新的藏身處了，遠離鬥爭，風景宜人。」

「我不同意你後面說的那四個字。」妹妹道，「不過遠離鬥爭倒是真的。」

「那麼……」王亮端想了想，決定與我們道別，「那就再見吧！謝謝你們的巧克力棒。」

「嗯，再見。」我和妹妹也與他道別，便打開門朝外頭走去。

我們向前走了十步左右。然後，同一時間回頭望向教室——

我們看見王亮端可憐兮兮地躲在教室裡，水汪汪的眼睛不安地環顧四周的情況。

「……如果把他留在這裡，我的良心不會放過我的。」我不由自主地道。

「嗯嗯嗯，就像是看見被遺棄在路邊的小貓一樣。」妹妹同意。

「咦？為什麼要把我帶出來？」

當王亮端意識到的時候，我和妹妹已經左手右手、一人一邊地把他拎了出來。

「這也是人性的一種。」我只能這樣回答。「跟我們回家吧。」

「你說什麼？回家？」王亮端吃了一驚，「你們已經找到離開這裡的辦法了嗎？」

於是，我們依著原路爬出學校的範圍，並順利地回到學校外頭。在回去的路上，我跟王亮端說了一些有關校工宿舍的事情。

＊＊＊

「這裡就是我們現在的藏身處了。」我對王亮端介紹，「放心吧，裡頭的人都沒有惡意，你可以放心住進去。」

「我當然不擔心你們有沒有惡意。」王亮端低下頭來，「我只是怕他們不歡迎我而已。」

「不用怕，有什麼事我幫你擋！」雖然自己的年紀比他還小，但妹妹還是自信滿滿地舉起拳頭。

我們打開了門，並把王亮端帶進了空間裡頭。

「歡迎回來，你們有搜索到什麼有用的情報嗎——這個人是誰？」梁俊聲看到王亮端以後，語氣瞬間變得冷淡起來，這也讓王亮端嚇了一跳。

「他獨自一人待在三樓的教室裡。」我道，「我們不可能讓他留在那種地方。」

「如果下一次，再有另一個身處於相同情況的人，你是不是也會把那個人帶回來？」梁俊聲不滿地道，「我們的資源不足以養活整間學校的人。」

「只是多一個人而已，有什麼大問題？」妹妹斜睨著梁俊聲。

「怎麼我好像突然變成壞人一樣。」梁俊聲無奈地道。「多一個人當然沒有問題，但要有理由才行，我們不可能毫無原則地接收大量的生還者，我們沒有這樣的本錢。」

「呃，這個。」王亮端走上前，指著阿源正在使用的那台筆記型電腦，「你的指令打錯了，搜索功能應該是這樣寫的才對。」

「咦？」阿源看著王亮端把自己的程式碼修改成效率更高的，不知道該露出什麼表情才好。「亦穎常，你把這傢伙叫來的目的，不是為了趕走我吧？」

「現在他有留下來的理由了。」妹妹高興地道。

32

梁俊聲見狀，也只能無言地嘆息。

「等等——你們在用電腦？」我終於發現了怪異的地方，「為什麼會有電腦？為什麼還有電源？為什麼要用？」

阿源的面前放著一部筆記型電腦，他正努力地工作著。

「電腦是這裡的，電源是僅剩下的，至於原因，是想搜索一下這裡的資料。」阿源一一回答了我的問題，「我一直都覺得那些老師和這場災難有著某種關係，所以想看看有沒有任何線索。」

「我想，每一個人都會覺得那些老師有問題。」我點了點頭，「不論是處理事情的態度，還是純粹對這件事的看法，都表現得太鎮定了，鎮定得就像他們早知道這件事會發生一樣。其實，你身為我們學校的員工，應該會知道些什麼吧？」

「就算是員工又如何？我又不是老師。對於學校內部的了解程度，我應該和你差不多。」阿源道，「何況，要是我知道，那我還找什麼資料？直接告訴你們就行了。」

「那麼，你們又找到了什麼資訊？」梁俊聲問，「該不會只是帶了個中二生回來這樣而已吧？」

此時，妹妹帶著王亮端走近林小雯，開始替兩人互相介紹。

看見王亮端那邊已經沒什麼問題，我決定讓妹妹去處理剩下的事情，自己跟大家報告在學校裡遇到的事。

於是，我就由遇見波叔開始說起，一路說到聽見那些學生的話，以及找到王亮端、知道那個大坑存在的事為止。

最初梁俊聲聽著的時候，還能保持平常的臉色，但到後來，就連正在工作的阿源也不禁轉過頭來聽，臉上充滿驚愕的神色。

「我們不在的時候，竟然發生了這麼多事情！」在我講述完畢之後，阿源第一個搶先發話，「實在是太恐怖了！」

「學校中的各方勢力……以及突然出現的大坑，無論哪一邊都非常令人在意啊。」梁俊聲的眼睛瞇了起來，「對了，你有從那些人的口中聽到任何到外頭探索的人的訊息嗎？我想他們應該已經回來了。」

「我倒是沒有想到這個問題。」我說完，望向王亮端。

「不不不，直到現在都沒有他們的消息。」王亮端道，「也沒聽說過有任何一個人回來。」

「那麼……我們現在只能把希望寄望在那個坑裡頭了。」梁俊聲道，「我們可以做一個初步的猜測：那個大坑洞到最近才出現，很可能是因為某些因素的影響，例如某個人做了某個動作，或者某地方發生了某件事，才出現的。」

「也可能是你們學校一直有這個大坑的存在，但你們沒人察覺到？」妹妹道，「也別把事情想得太複雜了。」

「這也有可能，只是這個坑出現的時機……實在有點特別啊。」梁俊聲道，「對了，那些老師，或是有其他人對這大坑發表過任何看法嗎？」

「自從那一次早會以後，那些老師就再也沒有和我們說過一次話了。」王亮端回答，「恐怕只有想強行衝過他們設立的封鎖線的時候，他們才會和我們說上一、兩句話。其餘大部分的人，都是留在六、七樓的範圍活動的。」

「那麼，我們要過去那個大坑看看嗎？」妹妹提議道，「那些人在進去之後都沒有回來，說不定已經回到現實世界去了？」

「也有可能全部死光了。」梁俊聲道，「現在至少還有四百多個人留在學校裡頭，我們沒有必要當開路先鋒，為後面的人排除危險。」

「我倒是覺得我們應該去看看。留在這裡，食物幾乎都消耗光了，我們也支撐不了多久，總不能再到葉震霆那邊討食物吧？」阿源道，「我對機房的數據沒有什麼期望，我們還是早早出發吧。」

「不如我們投票吧？」妹妹道，「公平一點，少數服從多數，不就行了嗎？」

「嗯，那就這樣了。」梁俊聲點點頭。

「……我就不投了，你們投吧。」王亮端投下了棄權票，「不然多我一個就六個人了，三票對三票的時候會很尷尬的。」

「其實也沒什麼啊……不過既然你主動放棄的話，我們也不強迫你。」妹妹道，「那麼，選擇出發到坑洞裡的人請舉手。」

說完，妹妹和阿源都舉起了手。

「不要去。」林小雯想了想，然後回答，「那裡很危險。」

「為什麼？」我不解。

「只是直覺而已。」林小雯有點不好意思地道，「但還是，不要去。」

「那就是代表我和林小雯都投反對票了。」梁俊聲道，「現在是二對二。」

「你為什麼不投？」妹妹聽完，立即白了我一眼，「快做選擇啊，只剩下你這一票而已。」

我愣了愣，這才想起自己也是這次投票的一份子，於是立即思考起來。

梁俊聲的話沒有錯，在一切都不明朗的情況下，我們的確不需要充當最前線的白老鼠，為後方的人試盡所有陷阱。

從理性的角度看來，我應該選擇梁俊聲那一邊才是，畢竟這場冒險的賭注，可是自己的性命啊。

只是，我莫名地想起了潘菁妍對我說過的話。

「時間已經不多了。」

雖然，她後來也說過不要知道太多事情之類的話，但我總有種直覺，覺得她說的這一句話沒有錯。

或者說，我的潛意識不知為什麼，「知道」她是正確的。

「我決定了——」

最後，我從椅子上站起來，投下最後一票。

「去大坑那邊吧，我們去把真相找出來。」

33

重回學校。

在做好所有的準備之後，我們就要打開門朝學校出發了。

「確認每個人都把垃圾袋裡的東西帶走了吧？」出發以前，梁俊聲正在做最後一次的檢查。

我打開了那兩個垃圾袋給梁俊聲看，裡頭空空如也。

「那就好。」梁俊聲點了點頭，「武器呢？」

「還有指南針、地圖、淺色長袖外套和長褲。」我開玩笑道，「如果特別會招惹蚊子的話，記得帶防蚊液。」

「我這是為了安全著想啊！誰知道我們要去的地方到底有著什麼？」梁俊聲無奈道，「你自己也說，那些人進去裡頭之後，到現在都還沒有回來過，我們要做好長期停留在那個地方的可能性。」

「那麼，我們是照著你妹妹說的路線重新進入學校嗎？」阿源問道，「但問題是，進去的位置是三樓，我們要怎樣才能溜到一樓的操場去？」

「這個嗎……王亮端，你知道我們學校哪一道樓梯還沒被人封鎖嗎？或是哪一道的防守比較薄弱之類的。」我的確沒有想到這個問題，被問了以後只能轉頭問王亮端，看看他知不知道該怎麼做。

我們學校有三道樓梯，正門的大樓梯、以及位於走廊左右盡頭的兩道側樓梯，但兩道側梯樓最高只能到達五樓，只有正門的樓梯才能從一樓走到七樓。

「我想，左邊靠近後山的側樓梯應該沒有人駐守，畢竟它離其他主要設施比較遠，能到的地方也不多。」王亮端思考了一會兒後回答。

「那也是我們溜進學校以後，離我們最近的一道樓梯。不過，其實我也不太清楚。」王亮端內疚地道，「對不起，我應該知道這件事的。」

「無所謂，就算你知道又如何，現在學校裡頭到底是什麼情形，沒有人真正知道。」我道，「紙上談兵是沒有用的，我們快走吧，別浪費時間了。」

大家同意後，終於打開了門，朝著外頭前進。

一路上都沒有遇到任何人，這一次，我們很乾脆地繞過大門，走到學校的側門來。

「好吧，一個一個進去，進去以後就躲到最近的2C教室，別大聲叫其他人的名字。這裡的人都不太喜歡我們，你們明白的。」梁俊聲故意不提那些老師正在通緝我們的事，看來他對王亮端還有著一定的戒心。

就這樣，我們一個接一個地跑進了三樓的走廊，沒有試著尋找其他同伴，而是直接潛進了2C教室。

我是最後一個進去的人，在走進教室之後，所有的人都正等待著我。

「歡迎回來。」梁俊聲道，「那麼，我們現在就開始下一步吧。」

「側門樓梯就在這間教室的隔壁而已，我們直接過去如何？」我問道。

「不如我先去探探路。」梁俊聲揮手，示意要我們躲起來，「待會兒我打手勢，如果有人你們就先待著，沒有人再過來吧。」

梁俊聲向來是個小心謹慎的人，所以我們沒有提出反對的意見。

於是，梁俊聲一個人走了出去，並蹲行到樓梯口看了看。

大約一分鐘以後，他回到了教室門口，示意要我們過去。

「前導說那邊安全，我們出發吧。」我道，並和其他人一起走出去。

「我剛剛從樓梯口看了看，至少這一層是沒有人的。」梁俊聲道，「但其他樓層就不清楚了，如果不幸遇上，很可能會和他們起衝突。」

「現在的學生都已經成群結隊了，要是和任何一方打起來，對我們並沒有好處……所以，我們還是小心一點，不要讓其他人發現比較好。」

眾人小心翼翼地往樓梯下方移動，我和梁俊聲走在最前面，妹妹和林小雯在中間，阿源和王亮端殿後。

我們各自手執武器，並盡量貼緊牆壁行走，以免遇到敵人的時候被前後包圍。

「小心！」梁俊聲低聲道，「前方有人！」

我們都吃了一驚，因為前方站著的，正是一群手持長棒短刀的人，和我們一樣有六個人。

「現在該怎麼辦？」我問道。

「等。」梁俊聲說，「我們絕對不可以被這些人看到。我認得這些傢伙，他們都是葉震霆的人，和他們打起來，對我們一點好處也沒有。」

34

我們慢慢地退回位置較高的樓層，多虧了這些霧氣，我們並沒有被那些人發現。

「……我們現在身處的位置是二樓，這裡應該是學生會的勢力範圍才對。」王亮端道，「那些人來這裡的目的到底是什麼？」

「或許我們可以知道原因。」我說道，看著那六個人漸漸遠離我們，走向二樓禮堂的入口。

在稍經探查以後，那些人就悄悄地溜進了禮堂裡。

「看來這裡即將發生一場打鬥啊。」梁俊聲道，「我們還是快跑吧，現在的情況也不容許我們到處伸張正義。」

眾人聽完，默默地認同梁俊聲的看法，在確定那些人不會回來後，我們很快地繼續往一樓操場的方向走去。

我們到達了一樓的側門，側門外頭就是操場，而操場中間，就是那個持續散發出詭異藍色光芒的大坑。

「那邊沒有人，我們可以直接跑過去。」我道，「操場是露天的，一旦走出這個掩蔽處，整間學校的人都會看到我們了，所以我們要一口氣衝過去。」

「那當然。」梁俊聲說，一一環顧著場上的眾人，「……這是最後的機會了，一旦走進這個大坑裡，沒有人知道會發生什麼事情，所以，我要再做一次確認。」

包括我在內，其他人都對著梁俊聲點了點頭。

「很好。」梁俊聲看完，轉身望向那個大坑，「我們出發吧。」

於是，我們一行六人，都在同一時間朝著大坑的入口跑了起來。

越靠近那個大坑，它發出的藍光就越為強烈。我突然發現，這些光芒不僅僅是藍光這麼簡單，它是藍色的、而且會發光的霧氣。

不知道為什麼，在跑進這個大坑的同時，我也開始產生一種怪異的感覺。

我很難用單一的詞彙來形容心中的感受，事實上，那是兩種完全相反的感覺：我感受到一股溫馨的、像是回到家鄉的感覺，但同時，又帶著揮不去的、強烈的不安感。

我們六個人，終於走進了那個大坑裡頭。

「哇……」才走了幾步，周遭的環境瞬間變得清晰起來，那種感覺就像剛剛跨過瀑布，走進被水流遮蔽的山洞一樣。相較於外面的白霧，藍霧對視野的影響少得多，也讓我們能更清楚探索這個地方。

眼前所見，是一條不斷往下走的地道，雖然視野變得清晰了，但唯一充當照明功能的藍霧，也無法使我們看到通道的盡頭。

「我們往前走吧。」梁俊聲說完，就帶頭向前走了起來。

我們神情凝重地向前探索著，在行進的同時，我也開始打量這條通道。

要形容的話，我們就像是正行走在一條礦坑道裡，四周都是以石塊堆積而成的通路，除了藍霧以外，沒有什麼特別值得注意的地方。

沒錯，就只是一條普通的地道而已。

——這是我最初的想法。

然而，在接下來的路程之中，發生的狀況漸漸改變了我的看法。

「你們覺不覺得，我們走的路比剛才的還窄？」阿源是第一個提出這件怪事的人。

「雖然我也有這樣的感覺……可是，你們看看後方。」梁俊聲轉過身對我們指著原本的路，「回頭望向後面的路吧，寬度和剛才一樣，沒有改變。」

我們回頭一看，的確如梁俊聲所說，後面的路看起來沒有變寬，也就證明前方的路沒有變窄。

「可是……的確變窄了。」阿源喃喃道，「剛才我離牆壁還有五、六步的距離，可是現在，好像只剩下三、四步了。」

我們都沒有回答阿源的話，只是繼續默默地走著。

也許是因為不知道該怎麼解釋這個現象，我們都下意識加快了自己的速度，在地道裡迅速地走著，期待能看到什麼不同於此刻所見的東西。

畢竟這漫長的地道，實在是讓人有種不寒而慄的感覺。

可是，五分鐘過去了，十分鐘過去了，二十分鐘過去了，除了這條地道，還是沒有任何新的東西出現。

而牆與牆之間的寬度，也由原本的不易察覺，到現在，變成就算神經再大條的人，也能察覺得出來的變化。

「通道的確正在不斷變窄。」我嘆了口氣，在說話的同時望回後方。後方的路還是和我們在二十分鐘、十分鐘、五分鐘前所看見的一樣，寬敞得能夠讓每一個人橫向走動。

「可是，明明……沒有啊！」妹妹慌了起來，沒頭沒尾地說道，「為什麼？」

「對，為什麼？」

現在，牆壁幾乎都要碰到我們隊伍兩側的人的手了。最初踏進這個地道的時候，它的寬度至少能讓走在隊伍最旁邊的人完全伸展雙手。

雖然它沒有變窄，但事實上，它還是變窄了——突然間，就形成了這種有邏輯問題的狀況。

而在一開始走進地道時所湧起的那種「既溫馨又不安」的矛盾感，也隨著越深入地道越加強烈。

35

「算了，我們回去吧。」終於，這種不安的情緒到達了極限，也使我們做出放棄的選擇。

「好。」說完這句話以後，幾乎所有人都同時轉身，朝著原路返回。

「至少，我們已經知道這走廊的怪異之處。」梁俊聲試圖為我們這次搜索失敗尋找一些成果。「回去之後，看看有沒有人回來，再從長計議吧。」

「終於可以鬆一口氣了。」阿源道，「這個地方詭異得讓我呼吸急促，回去最好，待在濃霧中也比這個地方強好幾倍。」

雖然沒有人說話，但我相信，在場的每一個人都同意阿源的想法。

看著前方寬闊的道路，我的心情也跟著變得輕鬆起來，進來的時候，我們花了二十幾分鐘才走到這裡，所以只要花同樣的時間就能回到學校了。

——我是這樣認為的。

然而，接下來發生的事，使我們每個人打從心底感受到刺骨的寒意。

「我們走的，是同一條路。」看著眼前的景況，梁俊聲斷斷續續說道，「不可能，不可能會這樣。」

我們已經往回走了。

但是，牆壁仍然逐漸地變窄。

起初，我們開始走的那一小段路，還是瞬間變得寬敞的，然而在走過那一段路以後，牆與牆之間的距離竟然再一次地變窄了。

「停。」

我出聲要大家停下腳步，所有人在聽到我的話之後都不動了。

「我們不能再往前走了。」梁俊聲道，「這是一個陷阱，我們從一開始就不應該進來的。」

「所以我說過，這地方很危險。」即使是向來冷靜的林小雯，說話的聲音也變得有些顫抖。

接著，林小雯更說出我們都不想提起、更不願去想的事。

「這牆壁到底會變窄到什麼樣的程度？」

沒有人願意再說話了，慢慢的，我們各自靠著不同的地方坐了下來。

即使是我自己，也對眼前的狀況感到極度恐懼，但我也知道，再這樣消極下去，迎接我們的會是怎麼樣的結局。

「我們必須冷靜下來。」我嚴肅地說道，同時努力地使自己的聲音聽起來沒有半點恐懼，「我們走進來的地方已經不是一條正常的地道，從一開始，我們就是走進了一條不斷變窄的無限迴廊。」

「也就是說，我們無法選擇回去的路，或者說，我們根本沒有選擇。」我繼續道，「說不定，我們仍然在繼續前進。」

「那我們到底該怎樣辦？」阿源道，「向前走也不是，向後走也不是，難道要永遠坐在這個地方嗎？」

阿源不安地揮動著雙手。

看著阿源的舉動，我突然發現一件奇怪的事。

不知道為什麼，阿源的雙手總是在伸到某個位置的時候，就隨即收了回來，即使在雙手前方的仍然是空氣。

看到這個情形，我腦中靈光一閃，問了阿源一個問題。

「阿源，你能指給我們看，現在的牆壁在什麼位置嗎？」

「你在說什麼廢話，這種時候說這種話一點也不好笑。」阿源苦笑道，但還是伸出了右手，「這裡不就是牆壁了嗎？」

看著阿源伸出的手，我們都露出了不同的反應。

阿源伸出的手，距離我看見的牆壁還有好一大段距離。

「你需要換一副眼鏡。」妹妹說完，走上前把手伸向離真正的牆壁還有十多公分的位置，「這裡才是牆壁啊。」

阿源看到妹妹的手以後，嚇得尖叫了起來。

「妳……妳的手穿進去了！」阿源驚道，「這到底是怎麼回事？」

「先冷靜下來！」梁俊聲道，並對著我感激地點了一下頭，看來他已經知道我想要指出的到底是什麼了。「現在，我們每個人都把自己的手伸向同一個地方，直到碰到牆壁為止。」

六個人朝著右方伸出雙手——我們在不同的位置停下來了。

除了王亮端的手已經穿進了牆壁之外，在我眼中，其餘人的手都沒有碰到真正的牆壁——當然，真正的牆壁根本就不存在。

「如此一來，我可以做出一個猜測。」看到這樣的情形，梁俊聲也恢復了一如以往的冷靜語氣。

「我們每一個人，都處於不同程度的幻覺之中，這幻覺不僅影響到視覺，也一併改變了我們的認知能力，使我們以為所走的路正一步步地變窄。」

36

「那我們要做的事情，就變得很簡單了。」梁俊聲道。「我們要找出導致幻覺出現的因素，並將其消除——在找不到這個因素之前，就重新回頭向前走吧。」

這時候，雖然大部分的人已經從驚慌中鎮定下來，卻仍然對梁俊聲的決定感到猶豫。

「你真的認為，我們眼前所見的只是幻覺不是真實？」阿源有點猶豫地問道。「會不會你們現在看到的才是真正的幻覺，事實上，我們真的正在被不同寬度的牆壁掩沒？」

你不要再打擊我們的士氣了，好不容易才挽回大家的信心，現在都要被你毀掉了！

我在心裡怒吼。

「……你說的話也有可能。」梁俊聲想了一會兒回答。不過這次，他沒有因為阿源的話再度感到恐懼。

「但是，如果如你所說的，事實上出現的是那種狀況，那很明顯，我們根本不會有任何生還的機會，倒不如就這樣賭一把，看看能不能成功活下來。」

「梁俊聲說得沒有錯。」我連忙附和，「在這種情況下，往更壞的方向想沒有任何意義，這樣只會直接讓我們存活的機會降至零而已。」

於是，我率先帶頭站了起來，轉身朝原本的方向前進。

大家看見，也一個一個地從原本坐著的地方站起來，跟在我的後頭。

這回，和剛才初期還有一小段寬敞的路不一樣，我看到的直接是越來越狹窄的地道，雖然明知道只是幻覺，但這沉重的壓迫感，也漸漸使我再次感到呼吸困難。

「撐住。」妹妹從隊伍後排走過來，輕聲在我身後說道，「即使是梁俊聲，也不太肯定自己的選擇是否正確，你作為帶頭的人，不可以在這裡害怕起來，不然唯一的精神支柱消失了，其他人也會跟著崩潰的。」

「呵呵，很少見妳會這樣安慰人，也就是說，妳相信我們的推論囉？」我笑了起來，同樣低聲對妹妹說道。

由於我和其他人隔著一段距離，所以我們這樣說話的音量，並沒有人聽到我們在說什麼。

「我也不太肯定。」妹妹想了一會兒以後回答，「只是，我不想看到所有人崩潰的模樣而已……就像你說的，如果大家都不願意再向前走，那我們不可能活著走出這個坑道。」

「嗯，放心吧，我會盡量保持鎮定的。」我說完，又繼續把心神放到路上的狀況。

「對了，阿源，你是我們當中看見的牆壁變得最狹窄的人，從剛剛每個人伸出手的時候就知道了。」行走途中，梁俊聲像是想起什麼一樣問道。

「我想應該是。」走在隊伍最後的阿源回答。

「那你能告訴我，現在的牆壁變窄到什麼程度嗎？」梁俊聲繼續問，「因為我想知道，如果一個人在另一個人眼中，完全被牆壁埋沒的話，那個被埋沒的人到底會有什麼反應。」

我聽完，也不禁轉頭望向阿源。

「我現在看到你們已經有人整隻左手都被埋沒了。」阿源看著前方，有些怯懦地回答，「就是亦穎常，就我看到的，他整隻左手已經插進了牆壁裡。」

聽完，我忍不住下意識地縮回自己的左手。當然，事實上那隻左手沒有受到任何傷害，我也看不到自己的手插進牆壁裡。

「我沒有任何異狀。」我繼續向前走，同時跟其他人報告，「沒有痛，也沒有任何被東西壓住的感覺。我想，這真的只是我們的幻覺而已。」

「我也希望是……因為，牆壁已經離我有點近了。」阿源惶恐地說道，「雖然在你們看來，這牆壁只是我的幻覺而已，但我剛剛摸牆壁的時候，還是實實在在、很真實的感覺啊。」

「我們繼續走吧，沒事的。」我只能這樣安慰他。「放心，只要待會兒其他人看到你被壓住，就會馬上趕過來幫忙，我們不會就這樣讓你困在這裡的。」

「……哈哈，我真沒用，身為這裡年紀最大的人，竟然要你們這些年紀小的人安慰。」阿源沉默了一會兒之後，乾笑幾聲說道。「放心吧，我不會有事的，你們儘管向前走吧。只是，我以後大概不敢到大坑裡面來了。」

阿源說完這句話後，我們就繼續朝著走廊的深處前進。

坑道的路還是一如以往地往下方延伸，讓我有種會一口氣走到地球中心的感覺。

37

於是，又一個十分鐘過去了。

在我看來，現在的牆壁已經比以前變窄了將近一倍，相信我身後的人看到的應該是更可怕的景象。

「我現在需要側身往前走，才不會被牆壁撞到。」阿源道，「所以速度變得會比較慢，大家記得等等我。」

「不如你試試看直接穿過牆壁，會發生什麼事？」梁俊聲提議，「因為就我看來，你的整個身體還好端端的，沒什麼問題。」

「我試試看。」阿源示意要我們停下來，開始嘗試前後走動。

「……不行。」在試過幾遍以後，阿源無奈地道。而我們看到的，則是阿源好幾次「撞在」空氣的邊緣，又退了回來。

「嗯，不如你閉上眼睛再試試？」王亮端提議，「如果看不到牆壁，或許就能成功穿過去也說不定。」

阿源聽完閉上眼睛，緩緩地朝著前方移動。

可是，事情還是沒有這麼容易就解決，只見阿源走到某一道我們看不見的「牆」上，就狠狠地撞了上去，接著往後退，用手捂住自己的臉。

「你們看見了嗎？我的確感覺到痛楚啊！」阿源指著自己被撞的臉，「牆壁是真實存在的！」

「我們也看到你被撞得有多痛。」我道，「只是，我們真的看不到那道牆啊。」

「等等，再試一遍。這次你什麼都不用做，閉上眼睛就行了。」梁俊聲抬起頭對阿源說道。

「唉……好吧。」阿源說完就閉上雙眼，站在原地。

梁俊聲悄悄地接近阿源，示意我們不要發出任何聲音。

雖然不知道他想幹什麼，但我們還是聽他的話，保持沉默。

只見梁俊聲走到阿源身旁，然後一口氣捉住阿源的手，拉到那道看不見的「牆」上。

「哇！」梁俊聲的手的確能順利拉到那個地方，但阿源的手一旦嘗試穿過那道看不見的界線時，就會跟著停下來。我可以看到梁俊聲不服氣地不斷想把阿源的手扯過去，但沒辦法成功。

「你他媽的到底想做什麼，快住手！」睜開眼睛的阿源對著梁俊聲罵道，然後一使力就把手收了回去。

被掙脫以後，梁俊聲因為衝力一口氣跌到數步之外，撞在另一道我看不見的牆上。

「我只是想幫你克服自己的心理障礙而已。」他站直身子以後連忙解釋。

「我剛剛只看到有一隻手從牆壁中穿出來，想要把我拉進裡頭！」阿源怒道，「你們再這樣待我，就別怪我不客氣！」

「對不起……」我只能低頭跟他道歉，「這只是為了實驗幻覺的性質，是為了讓我們所有人活下來，迫不得已的方法而已，我們不是故意這樣對待你的。」

「如果真是這樣，為什麼不等其他人的狀態也跟我一樣的時候，再和我一起實驗？」阿源冷冷地道。

「那也是個辦法。」我嘆了口氣，繼續向前走。「如果你跟不上我們的步伐，記得大聲叫我們，等第二個人也陷入同樣的狀況後，我們再來做實驗吧。但願我們能在這件事發生前，走出這條該死的地道。」

對於阿源的事我感到很內疚，在這個團隊中，他未必是最顯眼的人，但肯定是做最多事的人。只是現在的情況，卻要我們把他當成另一種意義上的實驗體，從他的身上盡量搜括最多情報。

大家又走了一段路，地道的路仍然沒有任何變化，即使我沒有轉頭去看，也可以知道阿源已經變得寸步難行了。

「好了，現在我走不過去了。」在走到某個地方的時候，阿源拋下了這句話，就坐在原地，雙目無神地望向我們。「現在，你們又要怎麼對待我？把我丟在這個地方嗎？」

「你到底把我們當成什麼樣的人了。」梁俊聲有些不滿地道，「我們不會把你丟在這裡不管的，我們會一起離開這個地方。」

「說得真好聽。」阿源譏諷道，「那你們有什麼好主意？」

「現在，有人和阿源一樣，已經到達非側身通過不可，甚至是過不去的程度嗎？」梁俊聲開始問其他的人。他明白阿源現在的心情很糟，所以也不打算說任何話去反駁他。

「我。」林小雯舉起手說，「牆壁的寬度已經無法讓我用正常的方式通過了。」

「其實我也是。」梁俊聲回答，「那麼，我們現在再試一遍吧。這次大家再多用點意志力，嘗試說服自己的大腦，就說這裡根本沒有牆壁好了，試試看這樣做會不會有什麼成果。」

「我試試看。」阿源閉上眼睛，開始集中心神。

「好，我們一起倒數，然後同時朝著前方，以正常的姿勢向前走。」梁俊聲說完以後，自己和林小雯也閉上了眼睛。

「三、二、一，開始！」

梁俊聲說完，三個人都朝著前方衝去。

38

我原本以為，這一回應該會和前幾次一樣，他們會撞上無形的牆壁，然後被迫後退。然而，在他們撞到牆壁的瞬間，卻突然發生了異狀。

整個地洞中有著照明用途的藍霧，不知為何，都在同時間突然消失了；或者應該說，整條地道都在一瞬間暗淡得什麼也看不見。

但，這個異象僅僅只持續了一秒鐘多，幾乎是一眨眼的工夫，地道很快就重新恢復了光亮。

「怎麼了，難道這裡的電力供應出現故障了？」我說道，「你們成功了沒有？是頭撞上牆壁還是發生什麼事了？」

我期望至少能聽到有人以不屑的聲音回應我，或是單純「哼」一聲也行。

可是，所有的人都不見了。

阿源、梁俊聲、亦穎晴、林小雯、王亮端。

每一個人，都在那一下閃爍以後，全部消失在我的眼前。

「你們……在這裡嗎？」我再也無法維持剛才那種自以為幽默的語氣了，「你們不喜歡我可以說，但不要躲起來啊，雖然我是獨行俠，也不用特地給我獨腳戲的。」

沒有任何回答我問題的聲音，因為這裡根本沒有人。

所有人都不見了。

無論我望向前方，或望回後方，都沒有看到任何人的蹤跡。

啊哈哈哈，啊哈哈哈。

在做了一個深呼吸後，我只能慢慢地再度朝著前方走去。

不管如何，我都必須繼續向前行。

至少，在走了一會兒以後，終於發生很久都沒有遇到的好事——眼前的路沒有繼續變窄了。

而且，隨著我的步伐，道路也漸漸變回正常，恢復到最初進去時能容納四個人同時橫排向前走的寬度。

如果阿源看到現在的狀況，應該會非常高興吧，我心想。雖然不知道這到底是我的幻覺，還是事實的確如此。

究竟發生了什麼事？是梁俊聲他們破除幻覺，全都成功逃出了，還是只有我一個人出來了？

最大的疑點是，他們到底是怎麼做到的？如果要說最大的分別，也只是由最初的一個人嘗試，變成三個人而已，為什麼這一次就成功了？

回答我的，是來自腦海中的記憶，來自梁俊聲曾經說過的話：

「那麼，我們現在再試一遍吧——這次大家再多用點意志力，嘗試說服自己的大腦，就說這裡根本沒有牆壁好了，試試看這樣做會不會有什麼成果。」

難道梁俊聲隨口說的「多用點意志力」，真的在那次實驗之中得到效果了？

在我思索完的時候，卻突然發現，前方的路開始出現不同的事物。難道我終於找到回家的路了嗎？我興奮地望向前方——

眼前出現了一道石牆，完全擋住了我的去路。

「去你媽的！這個時候才跟我說是條死路！」我終於忍不住一腳踢向大石塊，並對著那塊石頭大罵出聲，「這是要我怎樣？回頭重新走過一遍嗎？」

但當我一腳踢在「石塊」上的時候，聽到的卻是完全不屬於石頭的金屬聲音。

我向前摸了摸「石塊」，從它平滑的表面判斷，可能是時間久遠的緣故，或是其他不知名的因素，這東西雖然看起來像塊石頭，事實上卻是一塊巨型金屬。

如果我沒有猜錯的話，這絕對不是一塊普通的金屬。

我在金屬塊的附近來回走動，開始搜索附近的牆壁，終於找到我想找的東西了。

在那塊巨型金屬的右方，是一大堆的碎石，裡頭放置著一個巨型的把手——和我猜想的一樣，這東西其實是一扇大門。

我雙手捉住那個把手，用力地向後拉，在我幾乎用盡全身力氣之後，那道巨型金屬門終於開始動了，朝著大門位置的右方慢慢位移著。

我從門縫之中看到大量藍光從裡頭透射出來，不禁大喜，連忙繼續施加力氣在把手上，讓門繼續往右方移動。

幾分鐘過去，我終於將門拉出能讓一個人通過的缺口，我連忙走到門前，看看門的另一邊到底有著什麼。

然而，從門中射出的光芒實在是太強了，除非走進去，不然根本無法看清裡頭的樣子。

在愣了一會兒以後，我決定轉過頭去，看著原本的道路低聲說話。

「……你們要跟上啊。」

然後，我就挺身走進了門裡。

39

與剛才的地道相比，門裡頭的空間高了大約數十倍左右，讓我剛進去的時候，有種從束縛中解放出來的感覺。

眼前所見是一片平坦的平原，我想這個地方的總面積，應該有學校的三四倍才是。跟電視裡看到的草原差不多，只是地面換成了泥土與石塊。

由於藍霧仍然存在，我完全不需要擔心亮度的問題。唯一和身處地上時不同之處，就只是周圍的景色看起來有點藍而已。

最讓我注意的還是位於空間中心、石原中央那個淺藍色的湖。我知道你們會覺得我在說廢話，哪有湖不是藍色的？但我要強調的是，說那湖裝著的是水，倒不如說是顏料，湖水就像是由無數桶藍色油漆所組成。

我看到藍色的霧氣正從湖中不斷散發出來，向四面八方擴散。看來這就是藍霧的源頭，正因為如此，這個地方比其他地方更加光亮。

現在，我還是先到那邊看看吧。

踏在由石塊與黑泥混合的地面，我以湖為目標慢慢地走過去。

在接近湖的過程中，我留意到湖的邊緣站著一個人。

「我在這裡！」我見狀，不禁暗自高興，大家還是順利抵達這個地方了，「你們平安無事就太好了！」

當那個女孩轉過身的時候，我才發現她不是我們隊伍中的人。

「咦？」那名看起來比我大兩三歲的女孩，她在發現我之後，就朝著我的方向走來，「竟然也有人來到了這裡？」

她肯定不是老師，也不是我們學校的學生。

我見狀，連忙停下步伐。

這個人到底是誰？

「你……應該也是這間學校的學生吧。」

女孩擁有一頭長而筆直的頭髮，說話的聲音很自然地讓人聯想到那種不存在於現實世界的優雅大小姐。

「我原本是和一群人在一起的，但在途中與她們失散了，最後自己一個人走到這個地方。」她溫柔地笑著，「你是怎麼過來的？」

我默不作聲地打量著這個女孩，雖然她看起來沒有惡意，也不像是會在背後捅你一刀的人，但基於在學校經歷過的事，我決定還是別太掉以輕心比較好。

女孩走到我的面前，看到我的異樣舉動，疑惑地側著頭。

然後，突然朝我的方向伸出手。

我吃了一驚，下意識地舉起雙手想擋住。

——只見她伸出手，用力地捏了一下我的臉頰。

原本以為她想發起攻擊的我，被她這樣一捏，整個人愣在原地一動不動。

「沒什麼，就是覺得你的臉很好捏而已。」女孩對我做了一個鬼臉，「在這種情況下，多疑的確是一件好事，不過回到現實世界的時候，記得要把這種心態放下，不然會交不到朋友的。」

「呃，對不起……」我不知該做出什麼反應，只好向她道歉。

「為什麼要說對不起？」女孩「噗」一聲笑了，然後介紹自己，「我叫做謝梓靈，你呢？」

「亦穎常。」我回答。「我和妳的遭遇差不多，也是突然間和其他人失散，然後獨自來到這裡。」

「你是怎麼與他們失散的？難道也是地道內的光線突然閃爍一下，接著所有人就不見了？」謝梓靈問道。

「呃，是的。」我愣了愣，看來只要進來這個地方的人，都會經歷類似的遭遇。

「那麼……他們到底上哪去了？」謝梓靈望向藍湖，憂慮地說，「我和其他人是為了探望學校的老師才回來學校的，誰知道一進來就發生這樣的事情。因為想要找出離開這裡的辦法，我們也是第一隊跑進這個地方的人。」

「你們都是學校的畢業生？」我道。

「對，我還有一個比我小三歲的弟弟在這裡讀書。」謝梓靈道，「不過，他今天沒有上學，所以這裡只有我和一些畢業的同班同學而已。」

「這樣啊……」我走到湖邊坐了下來，謝梓靈見狀，也跟著坐在我的身旁。

我伸出左手，摸了這些有如油漆般顏色的液體——出乎意料的是，這液體摸起來的感覺竟然和水差不多，我甚至有種想要喝一口試試看的衝動。

「那麼，妳接下來想怎麼做？」我問謝梓靈，「我就不相信這只是一座湖這麼簡單，不論是這個地方，或是這些……液體，我相信裡面一定藏著什麼。」

40

謝梓靈看了我一眼，然後苦笑起來。

「原本我是打算在這裡等其他人來的……可是，聽你這樣說，我覺得應該不太可能在這個地方遇到她們了。」

「那我們就先在這邊搜索吧。」我道，「例如這個地方到底有什麼特別，我想在其他人來到這邊以前先把這些疑點弄清楚，至少可以知道它和我們被困在學校裡這件事到底有著什麼關係。」

「我和朋友出發到這裡來之前，認為這裡是出去的通道。」謝梓靈站了起來，指向平原的遠處，「看到那邊的盡頭了嗎？和你走來的方向一樣，這裡也有一道大門。」

我往謝梓靈所指的方向望去，雖然不太清楚，但還是可以看到那個位置和我進入此處的那道門有著相同的結構──一大堆碎石包圍著一片類似石塊的金屬，就和我剛才看到的差不多。

「不僅是那裡，還有這邊和那邊，都有一道鎖起來的大門，剛好是四道門。」謝梓靈又指向左右方說道，「我們都是從其中一道門過來的，而那道門通往你們的學校……你明白我想說什麼嗎？」

「另外三道門，也會連接到什麼地方去？」我頓時會意過來，「那麼，只要我們打開其他的門，然後沿著它的道路走回去的話……」

「可惜的是，那三道門似乎都反鎖了。」謝梓靈嘆氣，「如果對面沒有人能打開，我們就沒辦法跑到裡頭去。」

「說起來，如果妳是第一個到這個地方來的……為什麼我走到這裡的時候，門是關上的？」我忽然回想起剛才的事情，「門應該是打開的才對。」

「咦？不可能。」謝梓靈道，「我什麼都沒有做啊。」

這時，我和謝梓靈同時望向原路的那一道大門。不知什麼時候，門已經關上了。

「非常好，現在連我們也被困住了。」我乾笑幾聲，「要是沒有人來，我們就一輩子困在這個地方吧。」

「……我應該回去檢查的，對不起。」謝梓靈後悔道，「剛才我把心神都放在湖上頭，所以沒有留意後方的事。」

「沒關係，也沒有時間讓我們後悔了。」我安慰她，「我們就先從這個湖開始搜索吧，妳剛剛找到了什麼？」

「你有看到那些尖柱吧？就在湖的中央。」謝梓靈想了想，決定先由那裡開始說，「不知道是基於什麼準則，這東西的數量會隨著時間增加。」

我望向湖中心，正如謝梓靈所說，中央的確有著數十根長達三、四米的長柱，就像我們在冰天雪地中看到的冰錐一樣，不同的是，這些尖柱都是由湖中伸展出來的。

「要是從這上面掉下去的話，絕對沒有什麼好下場。」我喃喃道。

「當然了。」謝梓靈道，「只是，這些尖柱不知道在什麼時候，就會從湖中不斷長出新的尖錐——看，又來了！」

我看到湖的一角突然開始冒泡，水面不斷地波動，一根銳利的石錐就從湖裡探出頭來，並慢慢地朝頂端上升。

隨著尖錐上升，大量的藍霧也從尖錐的表面散發出來。在這個時候，我才發現藍霧的源頭並非來自於湖水，而是那一根根的尖錐。

「這座湖應該是正常的，只是受到了尖錐的污染，才變成這個樣子。」我推測，「妳知道這些尖錐是什麼東西嗎？」

「不知道。」謝梓靈搖頭，「我不會游泳，也不敢下去看。」

「那麼，不如我下去吧。」我說完，就打算往湖的方向走去。

「等等！我們不知道這些水是什麼東西，你真的確定要跳進湖裡？」謝梓靈一手把我拉回來，「如果這水有毒，你該怎麼辦？」

「剛才我不是已經把手探進水裡了嗎？也沒見到我有什麼問題。」我道。

「要是你潛進裡頭，肯定免不了會喝到這些奇怪的水，這和用手摸有很大的分別。」謝梓靈埋怨道，「真是的，你經常都這樣讓周遭的人擔心嗎？」

我不禁想起了妹妹，以及我被仇柏希斬掉手臂時，妹妹望向我的模樣。

「……對不起，我只是想幫助大家快點逃出去而已。」我低下頭，「而且，我也不想讓其他人冒險。」

「所以，你就自己一個人冒險？」謝梓靈有點生氣，「為了不讓自己擔心別人的安危，就換別人來擔心你？你這樣做不僅幫不了大家什麼，還只會讓其他人擔憂。」

我回到岸上，開始思考不需要進到湖裡，又能檢查裡面狀況的辦法——然而，我一點頭緒也沒有。

「妳說得對，在一切尚未明朗以前，都不宜輕舉妄動。」我還是決定跟謝梓靈說自己的選擇，「只是，我實在想不到有什麼辦法，可以在不進去的情況下看到裡頭的東西，所以還是讓我進去吧——」

突然，在我話說到一半的時候，湖中捲起了一道大浪，朝著我和謝梓靈的方向打來。那浪像是有生命般，只往我們兩個人的方向湧過來，讓我有一股不祥的預感。

「小心！」

我只來得及把謝梓靈推開，然後就被這道浪淹沒了。

本來，依照浪濤的高度，是不可能把一個人捲進湖裡的，但不知道為什麼，觸碰到這些水以後，我彷彿失去了全身的力氣，只能任由這些水把我拉進湖裡。

「亦穎常！」謝梓靈見狀，連忙伸出手想要拉我上來，但浪流動的速度實在是太快了，我連謝梓靈的指尖也碰不到，就這樣被拉進了湖裡。

41

這些湖水把我拉進湖頭之後，依然不肯死心，就這樣想一口氣把我拉到湖的深處。

「咳，咳咳！」我拚命抬起頭，想在被拉進深處前再呼吸一點新鮮空氣，然而——

做了個深呼吸後，不知為何，我竟然還能吸到氧氣，雖然在我呼吸的時候水也被吸進了身體中，但我並沒有因此感到不適。

唯一的問題就是，到現在我仍然被這些水拉動著，往湖的深處下沉。

還好這只是座湖而已，再下沉應該也不會到太遠的地方，到時候只要找到游上去的辦法就好——這他媽的到底是什麼東西？

我被湖的深度徹底震懾了，不僅是深度，就連它的大小，也比我們在湖面上看到的大了幾十倍。這或許是因為我們只看到湖的表面，就以為這座湖就只有這麼大而已。

我甚至可以確定，整個空間的下方其實都被這些水包圍，也有可能還延伸到外頭去。

雖然大小像海一樣廣，但周遭都沒有任何海洋生物存在，有的就只有無數一直延伸至湖底的尖錐。

我打量著湖的深度，看來沒有個十幾分鐘，是別想看到湖底了。

於是，我開始嘗試擺動自己的四肢，看看能操控身體到什麼樣的程度，幸運的話，也許可以用自己的力量游回湖面，或是加速下沉之類的。

當我抬起頭的時候，卻發現有東西正同樣朝著湖的下方沉。

……剛剛還說很危險不敢嘗試，最後還是跳進來了。

我看見謝梓靈正拚命地擺動雙手，閉上雙眼驚慌地掙扎著，看來她是真的不會游泳，不過她似乎還沒意識到水裡可以呼吸這件事。

當我發現只要不斷朝同一個方向擺動四肢，就能在下沉的時候左右移動之後，我就游到謝梓靈的正下方，等著她沉到自己這邊來。

謝梓靈仍然歇斯底里地大幅揮動自己的雙手雙腿，這樣反而使她下降的速度更快，也就更快沉到我旁邊。

「咕哇。」我想說的其實是「冷靜」，但由於身處於水中，就變成了這樣的聲音。眼見謝梓靈對我的話無動於衷，仍然恐慌地閉著雙眼，我只好捉住她的手。

「呱！」我想說的其實是「喂」。

謝梓靈被我捉住以後，全身顫慄了一下，她不安地張開雙眼，終於看到了我的臉。看到我以後，謝梓靈總算解除了瘋狂亂舞的狀態，也發現自己其實可以呼吸。

「哇哇哇哇？」我猜她想說的是：「為什麼我能呼吸？」不過就算我可以說話，也無法回答她這個問題。

謝梓靈舉起右手指指下方，然後雙手往左右伸展，我想她是要表達「這個湖真大」的意思。

我點了點頭，同意她的看法。

謝梓靈望向湖的上方，眼看自己離陸地越來越遠，便開始嘗試做出游泳的姿勢，看看能否游到上方去——但由於下方的吸力，她這樣做也只能使自己下沉的速度減緩一點點而已。

謝梓靈可憐兮兮地看著我，似乎是想問我有什麼解決的辦法。

我教她在這個地方左右移動的方法，也許是不需要解決呼吸的問題，謝梓靈很快就掌握了移動的訣竅，甚至連游泳這件事也在嘗試左右移動的過程中學會了。

學會游泳以後，謝梓靈立即想再次往湖面游去——不過當然什麼也做不了。

謝梓靈再次望向我，我則白了她一眼，如果我可以游上去的話，早就這樣做了。她也只能嘆口氣，看著氣泡往上飄去。

於是，我們兩人就這樣沉默著，放任身體朝水底下降。

由於無事可做，加上附近也沒什麼值得注意的事物，我和謝梓靈自然地開始互相看著對方。

——加上水中毫無聲音的環境，這樣的動作營造出一股非常尷尬的氣氛。

在意識到這一點以後，我和謝梓靈都別過頭去，各自望向別的地方，但周圍根本就沒有什麼可以看的東西，最後還是迫不得已的把視線轉回對方身上。

剛好，我們的目光又再一次對上了。

「哇！」我臉紅了，後退好幾步，一邊揮動雙手，「呱呱呱哇哇哇哇哇！」

我想說的是：「怎麼突然間就變成另一種路線的故事？」

看到我滑稽的舉動，謝梓靈不禁笑了起來。

42

總之，我決定再次確認目前的狀況。

我們現在身處湖的中心，雖然這中心只是我亂猜的，事實上距離湖底還有多遠，誰也說不準。

不過，如果周圍都被這些光亮的藍霧所包圍，卻仍然看不到下方的模樣，那也可以知道這個所謂的「湖」大概有多深了。

但按照常理來說，不是應該會有各種氣壓之類的物理法則，輕鬆地把我們幹掉嗎？為什麼我們現在還活得好端端的？

雖然，從發現自己能在水中呼吸那時候開始，我就知道不可以用常理來判斷我們目前身處的狀況了。

我想著這些莫名其妙的事，在無意中進入了很久沒有啟動的快轉模式。

「哇，哇。」

直到謝梓靈拉著我，我才發現已經到達能看清湖底的位置了。

我望向謝梓靈，想對她投以感謝的眼神——

沒想到，她的臉色竟然變得如死灰一樣蒼白。

發生了什麼事？我隨著她臉的方向看過去，這才看清楚湖的底部到底有著什麼。

正如一開始所說的，湖底真的沒什麼特別的東西，只是有著無數尖刺從底下延伸出來而已。

只是，那湖底的每一根尖柱，都插著一具就讀我們學校學生的屍體。

沒錯，僅僅只有如此而已。

每一根尖柱都插著一具就讀我們學校學生的屍體。

一根，一具。

離底部越近，可以發現的屍體也就越多。

我想，我現在的臉色應該變得和謝梓靈差不多白了。

在看到那堆屍體的瞬間，我本能地做出了逃離這個地方的反應。

我拚命拖著謝梓靈向上游去，想要回到陸地上，或者任何看不到眼前情況的地方。

這回，換謝梓靈白我一眼了，但即使如此，我還是拚命地向上游動。

原因只有一個，那就是我心裡的恐懼已經超越了任何理性的思考，驅使我只想做這件事情。

我們現在正慢慢地接近到那堆屍體。

不是直接掉在這些屍體上，而是慢慢的、一步步的，看著自己接近屍體堆，由起初看不到任何東西，到能看見他們的身體，我相信到了最後，我將會看清楚他們每一個人的長相。

我將看清每一具屍體，腐爛的屍體、腫脹的屍體、支離破碎的屍體，很快的，我將見到這些屍體中的每一個人。

一想到這裡，我只能使自己繼續往上方游去，即便這樣做只能減緩少許下沉的速度。

在我近乎崩潰之際，謝梓靈捉住了我的雙手，並用力地對我搖起頭。

對……我要冷靜下來。

我強迫自己不斷地深呼吸，並嘗試把臉轉向完全看不到屍體的地方。

過了大約兩分鐘以後，我終於平復混亂的情緒，得以進行正常的思考。

首先，這些屍體到底是誰？它們是怎麼來到這個地方的？

更重要的是，這個地方到底是哪裡？

當我逐一整頓著每個需要解答的問題時，才發現自己正踏在某種柔軟的東西上。

我低下頭一看，發現自己正踏著的，是一名學生的肚子。

其實也沒什麼大不了的嘛。

只是，那肚子不知為何開了個洞，而我又剛好踩進了他肚子裡的大小腸而已。

而且不知為什麼，這些內臟還沒有腐爛。

當我看到這個情景，一股強烈的反胃感從全身湧出。我連忙捂住腹部，好不容易才抑制住這個感覺。

在我身旁的謝梓靈，早已嚇得愣在原地無法行動了，這也是很自然的事。我唯一能做的事，只有等她從恐慌狀態中恢復過來，才能繼續進行搜索，看看這個地方到底發生了什麼事。

我看著謝梓靈的臉，由於四周都是屍體，她的臉反而成了最佳的鎮定劑，所以我死命地把視線投向謝梓靈的身上，絲毫不肯移動到別的地方去。

謝梓靈看了看我，也很快就瞪著我的臉，她當然明白我這樣做的目的，因為她現在也跟我做同樣的事情，所以對我的行為沒有太多意見。

在覺得自己應該適應「屍體」這個名詞和實體之後，我嘗試抬起頭，開始打量周遭的環境。

湖的底部和大海的底部差不多，除了這些尖柱和尖柱上的屍體，以及用作照明的藍霧以外，就再也看不到其他東西了。

看著眼前的學生們，被尖刺插在不同的身體部位上，並倒吊在尖柱邊緣或正中心，甚至是直插頭顱，我每看一次，都需要花十到二十秒的時間適應，才能繼續四處張望。

最後，我找到了可能是這趟旅程中，能被稱為「唯一的希望」的東西。

我看見屍體最密集的中心裡，有著一座類似祭壇的開放式建築。

43

看到那座祭壇以後，無論是直覺還是常理上，都告訴我，一定要到那個地方去看看。我向謝梓靈指了指那個地方，她在看到祭壇的樣子以後，也很快對著我點點頭，看來她也非常同意我的想法。

既然如此，那我們就沒有繼續耽擱的理由了，做好決定，我便領著謝梓靈朝祭壇的方向一步步游去，並期望能找到任何關於這個地方的線索。

那種拉扯的力量仍然存在著，由於我們已經身處湖底，所以沒辦法再被拉到更深的地方去了。

但也因為如此，我們行動起來，就需要使用比在陸地上多三、四倍的力量，這不僅是因為我們在水底的緣故，也是因為有奇異的拉扯力的關係。

雖然如此，幸運的是，這僅僅只會減慢我們的速度，並不會令人卡在原地一動不動，而這也是目前為止唯一能稱得上是「好消息」的事。

在不斷躲避那些被尖柱刺中、四處倒躺的屍體同時，我們終於靠近了那個祭壇，看清它的面貌。

會說它是祭壇，是因為在那東西的正中央有著一個不知名的人像，周遭還擺放著四根火把，火仍然燃燒著，再加上它大理石的基座、異國的建築風格，就是我稱它為祭壇的原因。

等等——

我揉了揉眼睛，再次確認自己是不是看錯了，但即使我再怎麼揉，某個東西還是在這裡。

沒錯，這個祭壇有火，而且持續在燃燒，即使我們身處湖底，四面都是水，它仍然燃燒著。

我望向謝梓靈，她也和我一樣，露出了難以置信的神情。

我把心一橫，總之，走過去看看就對了，踏上祭壇的台階。

當我爬到最高的平面時，周遭的事物突然變得清晰起來——我這才發現，自己竟然從水裡頭走出來了。

這個祭壇的正中央，似乎有著像是力場之類的玩意兒，阻擋湖水湧進這個地方，這也是為什麼這些火把仍然燒著的原因。

此時，身後的謝梓靈也走上來了，當她發現周圍的水突然不見的時候，下意識地發出了只有在水裡才聽得到的「哇哇哇哇」叫聲。

「周圍沒有水，妳可以說話了。」我對謝梓靈說道。

「啊，對哦。」謝梓靈臉色一紅，低聲回應。

「我現在可以問剛才看到妳的時候，就一直想問的問題了。」我說道，「怎麼妳也掉下來了，我不是在最後一刻把妳推到沒有水的地方了嗎？」

「你的意思是，要我看著你掉進水裡什麼也不做？」謝梓靈有點憤怒，「你又來了，以為犧牲自己就能讓其他人得到救贖，事實上，只是使人感到內疚而已。」

我愣了愣，沒想到竟然是自己的問題，看著謝梓靈幾乎要哭出來的臉，我發現自己又做錯事了。

「……哈哈哈哈，不要說之前的事了啦，我們還是快點檢查這個東西吧。」我只能笑笑敷衍過去，然後快速轉換話題。「這東西到底是什麼？」

我走上前端詳起那座人像，謝梓靈也默默地跟在我的後頭。

那是一個和正常人差不多高的人型石像，由於嚴重腐蝕的關係，無法辨認性別，甚至連樣子也看不清楚，唯一可以辨認的只有「它大概是個人」這種模糊不清的資訊。

但正因為如此，才讓人像底下的基座變得特別顯眼。

相較於人像，底下的基座就像是前幾天才換新的一樣，絲毫沒有腐蝕的痕跡，就算跟整個祭壇相比，它也嶄新得格格不入。

在基座上，我看到台面刻著一行字：

「等待送出：174」

「這是什麼……像這種東西，通常不是會寫著什麼名人語錄，或是其他亂七八糟的句子嗎？」我疑惑道。「等待送出是什麼意思？就算用中文寫，我也看不明白啊。還有後面的數字又代表什麼？難不成是快遞人員為了方便自己確認加上去的備註嗎？」

「我想，應該不是……」謝梓靈想了想，拉著我指向外頭，「你看看這些尖柱……和這個數字，有什麼關係？」

44

「哪有什麼關係啊……」其實我不太想再看見外頭的那一大堆各式各樣的屍體，不過既然謝梓靈這樣說，我也不好意思不去看，「等待送出，和大量的屍體……呃？」

好像把線索連接起來了。等待送出，大量的屍體。

「我想它指的是，這裡有一百七十多根尖柱，每根都在等待……送出去？」我喃喃道，「送去哪裡？為什麼？」

「我哪知道，我只是提出自己想到的而已。」謝梓靈道，「倒是從剛到這裡的時候，就有一具屍體讓我很在意……總覺得好像在哪裡聽說過，似乎就是我弟弟跟我說的。」謝梓靈拉著我走出了祭壇，「是和我們現在的搜索行動有關的，你可不可以去看一看？」

「呃，當然可以……吧。」

事實上，我是千百萬個不願意。誰都不想再回到那堆新鮮的屍體裡，就算多待一秒也不想，但面對這些事情，謝梓靈卻出乎意料地比我冷靜，於是我也只能跟著堅強起來。

我嘗試保持平常心，隨著謝梓靈回到屍體堆中，就在其中一根尖錐旁，謝梓靈停了下來，指向那個穿刺在尖錐上的人。

由於已經回到水裡，謝梓靈無法說話，只能指向那根尖錐，看到她的動作，我也只好抬頭望向那具中年男人的屍體，而在看到他的長相時，我也瞬間回想起他到底是誰。

然後，我們就再一次回到祭壇上，重新展開對話。

「這是……一開始從學校跳下去的那名老師！」我驚訝道，「那些老師曾經說過，看到他掉下去以後，即使派遣出大量人手到附近搜索，也找不到他的屍體，沒想到竟然在這裡。」

「原來他是老師嗎，那我就想起來了！」謝梓靈抬起手思考著，「弟弟跟我說過，那好像是他們一年級的導師……由於是新來的老師，我沒有被他教過，所以也不認識他，只有一個很模糊的印象而已。」

「那麼這裡聚集著的，都是已經在這個地方死去的人嗎……」我瞬間想起了黃俊傑，雖然照梁俊聲的說法，他很有可能已經被仇柏希殺死了，但剛才我也沒有看見他的屍體倒插在任何一根尖柱上。

「問題是，為什麼會有一百七十多具屍體？我不記得學校有發生過任何使學生大量死亡的事件啊。」我提出了另一個疑問。「難道說……我們不在的期間，學校又發生了一次大屠殺的事件，然後才出現了這麼多屍體？」

「這可能是其中一個原因。」謝梓靈分析著，「只是你記得嗎，在第一晚，老師把學生們分成了兩隊？」

我當然記得這件事，那時候仇柏希讓我們選擇自己的去向，把學校的學生們分成了兩批，一批留在學校搜索，另一批出去到學校外頭，就是那個時候，我選擇了留在學校裡。

「等等，我認得其中幾個人的樣子！」我大叫出聲，「這些都是選擇到外頭去的學生！他們……都死了？」

「至少，在我們進來這個地方之前，都沒有聽到任何關於他們從外頭回來的消息。」謝梓靈道，「如果不是學校內的話，肯定就是外頭出了什麼事情……看來另一邊的狀況，比我們想像中的還要嚴峻啊。」

「唯一可以肯定的是，他們應該不是全滅才對，不然我們不可能只在這裡看到一百七十幾這個數字，而是三百多了。」謝梓靈嘗試往樂觀的方面想。

但，彷彿是為了打碎她的幻想般，地面突然開始震動起來。

「這是什麼，地震？」我道，「雖然海底的確是會有地震……但這地震的時機也太巧了吧？」

「不是地震，你看看外頭！」謝梓靈駭然望向祭壇周圍的尖柱。

這些尖柱，正同時往地底下沉。

在這些尖柱下沉的時候，吸力的方向也由原本的往下跟著改變了，我能清楚感覺到自己的身體正被吸往這些尖柱的位置。

吸力的來源，就在這些尖柱上。

「快捉住附近的東西！」我說完，雙手立刻抱緊那座人像，但在這時候，後方的謝梓靈卻已經抵擋不住，被吸力一步步地拉到祭壇外。

如果她被拉到尖柱上，後果不堪設想。

就在千鈞一髮之際，我衝上前撲向謝梓靈，把她撲到了祭壇的其中一道斷牆上，多虧了它，雖然我們仍然感受到拉扯的痛楚，但也僅僅是撞在那道牆上，安全地留在原地。

我們看著尖柱一根根縮進地底，那些屍體也跟著尖柱被拉進了裡頭。

在最後一具屍體被拉進地底以後，湖底就只剩下一百七十幾個大洞，限制我們行動的吸力，也在這個時候消失了。

「……妳沒事吧？」我問謝梓靈。

「沒事，謝謝你。」謝梓靈道過謝以後，突然想起了一件事，「對了，那個人像！」
我立時會意過來，隨即跑到人像的地方，查看上頭寫的數字。
「等待送出：0」
「……看來，那些在外頭搜索的人真的有可能全部死掉了。」我沉聲道，「如果他們是分成好幾遍遇難的話。」

45

「……我想，應該還不至於全部死光吧？」謝梓靈道，「我記得這個老師在很早以前不是就死了嗎？但他還在這裡……所以，這應該只是第一次把尖柱『送出』而已。」
「哦，這樣說也對。」我點點頭。
「倒是，這些屍體會被送到什麼地方去？」謝梓靈看著那一個個的大洞，「那洞又會通往什麼地方？」
「我們下去看看不就知道了嗎？」我說完，就想走出祭壇外，但很快就被謝梓靈揪著耳朵拉回來。

「你到底有沒有記住我說的話？」謝梓靈凶巴巴道，「那是把死人送出去的地方，你確定要走過去看看？」

「那妳要我怎麼做？這個問題不是妳提出來的嗎？」我委屈地說，「我實在是想不到不去某個地方還能清楚知道那是什麼地方的方法。」

謝梓靈仍然瞪著我，過了一會兒，她無奈地嘆了一口氣。

「算了。」謝梓靈道，「那我們現在該怎麼辦？」

「我們……就這樣回去如何？現在吸力消失了，這恐怕是唯一的機會了。」我道，「妳的朋友、我的朋友可能也到上面來了，為了避免讓他們擔心，我們還是早點回到陸地上比較好。」

「哦。」謝梓靈點了點頭。

「我們動作要快，不知道這些尖柱什麼時候會再次刺上來。」於是，我們開始朝著上方游去。

由於吸力已經消失了，在回去的過程中都沒有出現任何阻礙。

回程中，我一直思索著在這個地方遇到的事。

因為某種緣故，學校突然出現了一個大坑，而這個大坑裡則藏有無數人的屍體。這些屍體都是學生或老師，在不同地方死去的時候被傳送過來的，每一具屍體刺在一根尖柱上，在時機成熟以後，這些屍體連帶著尖柱會被送到另一個地方去，而那個地方是哪裡沒有人知道。

原本以為來到這裡，就會找到離開學校的辦法，但沒想到，這裡竟然是屬於我們的墳場。

很顯然的，這個墳場是在學校變成這樣子以後才出現的，但到底是誰、又是基於何種原因，製造了這個地方？對此我們仍然是毫無頭緒。

想到這裡，我不禁再度望向湖的深處。

要是我死了，是不是也會被刺在這些尖柱上，然後拖進裡頭去？

謝梓靈神色凝重地在我身旁游著，她似乎也正想著剛剛在墳場遇到的事。

我正想重新集中心神在回到陸地這件事情時，卻發現不知為什麼，自己的速度正逐漸減緩。

想到唯一會減慢速度的原因以後，我驚慌地捉著謝梓靈提醒她要加快速度。

那些尖柱回來了。

謝梓靈自然也感覺到那股吸力的牽引，於是也開始加快速度，此刻，我們離水面只剩下一點點距離了。

我們焦急地加快游泳的速度，希望能趕在吸力超越游泳速度之前，趕回陸地上。

我看著水面，並默默計算著，到底還有多遠才會能重回陸地。

一百米……五十米……四十米……三十米……

隨著水流力量漸漸增加，我感覺自己的速度正在急遽下降。
二十五米……二十米……十五米……十米……
我拚命地想使出全身每一分力氣，但吸力增加的速度實在是太快了。
十米……五米……兩米……一米。
就在雙方力量相等的瞬間，我發現自己再也無法移動了。
不論我再怎麼樣用力、再怎麼樣加速，也無法再向前游一米。
明明已經近在眼前了。
但我想，這已經是極限了吧。
我放棄了掙扎，任由自己的身體慢慢地再次朝著下方墜落。
這次沉下去，不知什麼時候才能上來呢？我絕望地心想。
但在這個時候，水面上突然探出了一隻手，用力拉住了幾乎要沉下去的我。
「啊啊啊啊啊——！」已經回到陸地的謝梓靈，雙手捉著我，一口氣把我從水裡拉了上來。
我狼狽地被拖上了陸地，用力抓緊周圍的泥土，朝著沒有湖水的地方爬上去，然後遠離任何可能被大浪覆蓋的地方，無論如何，我們總算是安全了。
「……謝謝妳。」我虛弱地向謝梓靈道謝，「我以為我就要這樣死了。」
「你救了我一次，然後我救回你一次，這樣我們算是扯平了吧。」謝梓靈笑道。

46

死裡逃生以後，我從躺臥的姿勢站起來，開始嘗試扭乾自己的衣服。

「還好這裡不算太冷。」謝梓靈說完，也跟著扭轉自己的衣服。我在重複這個動作的同時四處張望，看看能否找到自己的同伴，或是在這片寂地上發現任何人。

我停下手上扭衣服的動作，驚愕地望向其中一處。

「嗯，怎麼了？」謝梓靈問道，但看到我望向的東西以後，也頓時知道使我驚愕的到底是什麼事。

原本關上的大門，不知為何又再度打開了。

「不要讓門再度關上，快找點什麼能擋住它的東西！」說完，我不顧身上濕漉漉的狀況就這樣衝上前去，謝梓靈見狀也連忙跟在後頭。

雖然那扇門再度被打開了，但可以看到它仍然自動地、緩慢地關閉著，要是我們不能在它完全關上前阻止的話，可能就要等待下一次的機會了。

我跑到大門前，在它幾乎要關上時，用雙手支撐住，並強行把它推回原本的位置。

謝梓靈追上來以後，也在我的身後幫忙推著。

直到確認大門已經完全推到最左方，很長時間也不會關上之後，我和謝梓靈才放鬆下來，在一旁喘著氣休息。

「……有人來了。」我在幾輪深呼吸以後說道，「打開這扇門唯一的方法，就是從另一個地方打開它，既然它開了，也就代表有人到這裡來了。」

「可是，他們又在哪裡？」謝梓靈望向四周，在這片一望無際的平原上，並沒有我們以外的人形生物存在，「如果他們在這裡的話，照理說我們會看到才是，可是那些人卻消失了。」

「也有可能是他們已經離開了也說不定。」我想了想，提出一個比較合理的推測。「他可能是一個人來這裡的，打開大門以後，由於看不清楚另一邊的狀況，所以不敢過來，就原路折返了——那時候的我也是因為這樣，在大門前掙扎了很久才決定進來裡面。」

「既然如此，也就是說，如果我們現在回去的話，就會遇上那個人囉？」謝梓靈問。

「當然，這也只是我的推測而已。不過如果我的推測正確，現在追上去的確有可能看見他。」我回答。

「那我們現在就要回去了嗎？我們已經搞清楚湖的作用了，在這個地方也沒有任何可供我們搜索的東西了。」謝梓靈問。

「我也滿想這樣做的……只是，如果現在回去的話，我們就失去尋找那三道門背後的通道的機會了。」我道，「而且，也還沒確認這裡的東西是不是已經完全調查清楚……所以，可以的話還不太想走啊。

「……不過，我們也沒有選擇了。」我看著那扇大門，它又開始往右方移動起來，「看這大門的重量，加上這個地方什麼東西也沒有，我們沒辦法找到東西可以頂住它，所以我們還是離開吧。」

「你說了算。」謝梓靈道。

「那妳呢？妳要留在這裡等待妳的同伴嗎？」我問道。

「不了，我想她們應該能自己照顧自己的。」謝梓靈苦笑，「我們還是離開吧，老實說在看到這麼多東西以後，我對這個地方已經完全沒有好感了。」

「那好吧，我們現在就離開。」我正想踏出門外時，卻發現大門的間隙似乎塞了什麼東西。

「看來，已經有人用了我們想要用的辦法啊。」我把那個東西從縫隙裡取出來，在看到它的樣子以後卻愣住了。

那是一個只有手掌般大小的人像，它和我們在湖裡看到的，那個已經腐蝕得看不見樣子的人像相同，就連基座嶄新的樣子，以及台面上的「等待送出：0」都長得一模一樣。

「這是什麼？我們到指定地點參觀後，就把紀念品送給我們嗎？」我道，「這個旅遊景點還真是貼心啊！」

「就連等待送出的數字，都和湖裡面那個人像相同……」謝梓靈道，「那就是說，它可能也和那個石像有相同的用途？」

「有可能。」我道，「不然，我們現在就把它扔到水裡，看它能不能同樣把這些水排開？」

「還是等離開後再研究吧。」謝梓靈看著大門，「我們大可以回到學校再檢查它有沒有和湖裡的人像有相同的異常性質……」

「行了，我知道妳在害怕。」我笑了起來，「我們這就回去吧。」

47

於是，我們走進了地道裡，再次朝著原路折返。

「對了，和妳一起過來的是什麼人？」我問道，「要是我在學校看到他們，也可以在第一時間通知妳。」

「呃……我是和另外兩名女生到這裡來的，她們的年紀都和我差不多，比你們大，也沒有其他老師比她們小。」謝梓靈道，「所以你看到她們的話，應該很容易可以認出她們的。」

「這樣啊……」我喃喃道，「說起來，總覺得這裡的路有點熟悉啊。」

「當然熟悉，我們就是從這條路過來的。」謝梓靈沒好氣道，「你說話的節奏太跳躍，我完全適應不了。」

「我不是指那種熟悉，而是指……啊，糟了。」看到眼前的路以後，我終於理解自己所說的熟悉感到底是什麼，「又來了。」

眼前的路又開始變窄了。

「……妳那時是如何突破這些幻覺的？」我轉頭問謝梓靈，「這次應該很切題吧？」

「很切題。」謝梓靈道，「我現在也看到牆壁正在變窄……和那時候一模一樣。」

謝梓靈說完，伸手指出自己看到的牆壁位置，我見狀，也用左手比出自己見到的牆壁位置。

「你的牆壁比我還寬一點，看來你比我還要堅強。」謝梓靈苦笑，「沒想到我竟然比你更害怕，真是不好意思啊。」

「沒事，妳看見那些屍體的時候不是表現得比我還堅強嗎？」我說道，「只是大家害怕的東西不同而已——不過，妳剛剛說妳看到的牆壁比我還窄，代表妳比我害怕，難道這之間有什麼關聯嗎？」

「這也只是我們那時的猜測而已。」謝梓靈道，「一開始就表示想離開、看到牆壁變窄時反應最大、最恐慌的女孩，她所能看到的牆壁也是最窄的；反而，身為帶頭者的另一名女孩，看到的牆壁是我們當中最寬闊的，我們後來就在猜這中間是否有關係。」

「那妳們最後是怎麼跑出去的？」我又問。「我想找出我們兩隊之間所做的事的共通點，這樣我們就能知道該做什麼事才能脫離眼前的幻覺了。」

「我們那時候也猜到這是幻覺的一種，所以決定用不斷提醒自己這只是幻覺的方式，來強行穿過這些牆壁。」謝梓靈說。

「一開始只是不斷撞牆而已，但到了後來，周遭的藍光突然閃爍了一下，然後就只剩下我一個人了，接著我就慢慢走到那個地方了。」

「哦，基本上和我所遭遇的差不多，那我們這次應該可以用同樣的方法來穿過這個地方——吧？」句子在最後變成疑問句的原因，是我想起了謝梓靈最後說的那句話。

然後就只剩下我一個人了。

謝梓靈似乎知道我正在想什麼，臉色跟著一沉。

「……我們應該會再見的吧？」謝梓靈說道，「雖然不知道這一次會傳送到什麼地方去，但我相信，我們一定都能回到學校去的。」

「嗯，當然會，別說得好像我們其中一人會死掉一樣。」我笑道，「更何況，也不確定只有兩人的情況下也會把我們分開，說不定我們可以同時回到學校呢。」

「嗯，希望吧……」謝梓靈說完，表情變得有些落寞。

「……那麼，我們出發吧。」在沉默了好一會兒以後，我開口說道，「先在腦海裡不斷集中心神想這裡根本沒有牆，然後閉上眼睛，就這樣衝過去。」

謝梓靈點了點頭，低下頭閉起眼睛。

我也跟著閉上了眼睛。

「我們到學校那邊再見。」

「嗯，再見。」

說完，我們兩人同時朝著牆壁衝去。

在我的頭幾乎要碰到牆的瞬間，整個空間又閃爍起來。

在閃爍過後，原本的牆壁又再一次回復正常，而我也能看到一開始的寬路了。

這一次，或許是因為沒有留在幻覺裡的緣故，在坑道盡頭就看到了原本通往學校操場的路。

「哈哈，我們又回來了！」我興奮道，「沒想到竟然一次就成功了，我們真是太幸運了！對吧？謝梓靈……」

沒有人回應我，也沒有任何聲音。

我轉頭望向身後，再次確認狀況。謝梓靈已經不在了。

我望向原本的路，沉默著。

到了最後，那藍霧還是發揮效用，把在同一位置的人們分隔開了。

「……沒關係，我相信妳一定能成功回到學校的。」我轉過身，默默地向前走著。

走到一半的時候，我又再次跟已經不在這個地方的人說道。

「要好好跟上啊。」

說完，我離開了那一條坑道，朝著學校的方向走去。

48

接近地道的出口時，我原本的計畫是打算偷偷從地道溜出來，回到我們在校工宿舍的據點，看看有沒有人已經回到了那個地方。

怎知道，才一出坑道口，就被數名學生包圍——在重重白霧下，我甚至看不到外頭正站著幾個人。

「又……又有人回來了！」其中一名學生驚呼道，然後轉頭對另一名年紀較小的學生下令，「你快去通知會長！」

那名年紀較小的學生聽見，隨即匆忙地跑了起來。

「對不起，但你必須留在這裡。」確認那名學生開始移動以後，他對我說道，「我叫鄧聰，是學生會的內閣成員之一，會長最近正在搜集關於這個大坑的情報，所有進去過並出來的人，都要接受我們的查問。」

「如果我說不呢？」我冷冷地說道，雖然和這些大勢力作對不會有什麼好結果，但我實在看不慣這些人總是用一副「理所當然」的嘴臉對別人說話。

「呃，對不起，我剛剛的態度有點過於強硬了。」鄧聰看到我的模樣以後，隨即向我道歉，看來他是個很會察言觀色的人，「但我們必須這樣做，這是為了讓所有人都能逃出這個地方而想出的辦法。」

聽到他的話以後，我開始有了興趣。

讓所有人都能逃出這個地方？

一開始，我還以為學生會和其他的學生勢力一樣，都只是為了在這個新世界爭奪資源而生的組織，但他們竟然會有「讓所有人都逃出這個地方」的想法。

「你們……仍然在尋找離開這裡的方法？」為了確認他們是不是空口說白話，我進一步問道，「這就是你們學生會成立的原因？」

「一半一半。」鄧聰苦笑，「如果找不到回去的方法，我們希望能夠團結剩下的學生，以這裡作為新家園繼續生活下去。」

聽完，我也漸漸放下原本對這個組織的敵意——老實說，如果他剛剛是說「我們正在全力研究離開這裡的方法」，那我根本不會相信他的話，但現在聽起來，他的話是有著一定的可信度。

如果有人仍在尋找逃離這個世界的辦法，那他們的情報對我們將會非常有用。

「那麼，你們的會長在這裡？」於是，我做出了決定，「如果你們願意以某些東西作為代價的話，我倒是不介意把自己在裡頭的經歷全盤托出。」

＊　＊　＊

鄧聰讓剩下的人在大坑看守，帶著我走到二樓的教室。

學生會總部設在二樓走廊中央的教室，這間教室在發生災難前是一間三十人的教室，所以面積比其他的教室大許多。

教室唯一的大門外頭有一道以數十張桌椅堆起來的牆壁，我見狀，好奇地對那牆壁偷偷施力，看它會不會倒下。

「推不倒的，我們已經固定它了。」鄧聰道，「在上一次衝突以後，我們就決定再加強這些護欄的穩固度，現在單憑一個人的力量，很難把它們衝散。」

「這樣啊，哈哈。」沒想到竟然被發現了，我只能尷尬地笑著。

「會長，那個人來了。」鄧聰敲敲門，對裡頭的人說道。

「進來吧。」沒想到我竟然能在一所學校裡，聽到這種像是在辦公室才能聽到的對話，不禁使我感覺有點突兀。

在走進教室以後，我才看到學生會會長的長相。

「亦穎常，沒想到竟然是你。」會長和一群學生正不知討論著什麼，他看到我，隨即站起來跟我打招呼。

「我也沒想到是你……我還以為學生會會長是指這屆的那位五年級學生。」我道，「黃允行，你不是因為已經六年級了，所以榮譽退休嗎？怎麼又復出了？」

「別說得我好像變成老人一樣。」黃允行苦笑，「這一屆的會長去外頭搜索，到現在還沒回來，所以我暫時接任他的職位，等他回來的時候再把職位交給他。」

我直接想到了那個湖底的屍體堆——看來，那位會長應該不會再回來了。

「既然是熟悉的朋友，那就好辦了。你剛剛從那個地方回來，對吧？」黃允行要其他的學生安靜，繼續跟我說話，「能不能告訴我們，你在那個地方看到了什麼？」

這位叫黃允行的人，其實是我在低年級時就認識的同學，不過後來因分到不同班的關係，就漸漸和他疏遠了。

原本和我一樣喜歡獨來獨往的他，和我分到不同班以後，不知為何突然變得外向起來，開始積極參與不同的課外活動，甚至決定參選學生會會長——那時候他曾經問我要不要當他的內閣成員，不過我以不擅長交際為理由拒絕了。

到後來，他就成為新任的學生會會長，還連續當了兩年，直到六年級的時候，才因為學校不允許準考生當會長，才退任讓別的學生參選。

自從他當上會長以後，我就很少和他聯絡了，沒想到這裡的「學生會會長」竟然就是他。

「要我說也行……」既然是老朋友，我自然也不客氣了，「但我也要你們搜索到的情報，一物換一物。」

「你是指搜索回去方法的資料嗎？」黃允行道，「那你想知道什麼？」

「全部。」我看著黃允行。

49

「全部……哈，全部。」黃允行坐了下來，看著我，「你還真是完全沒有變啊，亦穎常。」

「那當然。」我道，「而且，如果你不先把你知道的告訴我，我也不會把我在坑道遇到的事情說出來，這也和以前一樣。」

「行了行了，我知道你的厲害。」黃允行揮揮手，「反正也不是什麼需要特別隱瞞的事情，告訴你無妨。」

「嗯，讓我先想想。」黃允行說完，開始整理散落在桌上的文件，「該從哪件事開始說起好呢？」

「我想，你們應該還沒找到什麼關鍵性的線索，對吧？」我猜測著，「所以還是從你們現在知道的，比較怪異的事情開始吧。」

「那說起來就比較簡單了。」黃允行道，「第一件事，在這個地方造成的傷口很快就能復原，即使傷口再大，只要你仍然活著，就能夠自我療癒。」

「這件事我已經知道了，前幾天我還拿自己的手臂試驗過。」我打斷了黃允行的話，「還有呢？」

「你已經知道了？這個現象對我們來說是好事啊。」起初黃允行有點驚訝，但當他聽到我是如何知道那件事以後，就閉上了嘴巴，然後繼續說關於那個現象的事。

「要不是這些斷肢切下來以後會慢慢消失，我們就能夠拿這些無限供應的肉塊做很多不同的事情。」

「什麼？」我愣了愣，「這些斷肢會自己消失？」

「對。」黃允行道，「先是慢慢地透明化，最後無緣無故消失了——我們後來發現，類似的現象也可以在屍體上看到。」

「屍體嗎……」我想起了在湖裡看到的尖柱，「那就和我在湖裡遇到的某些事情有著一定的關聯了。」
「湖？什麼湖？」這次則是黃允行反問我。
「這些事待會兒再說。總之，你繼續把其他值得注意的事說出來吧。」我道。
「好的，另一件事。」黃允行道，「那些到外面搜索的人回來了，就在昨天晚上。」
「什麼？」我叫的比剛才還大聲一點，「那些人回來了？他們不是已經……全部死光了嗎？」
「的確死了很多，但還是有少部分的人活著回來了。」黃允行說完，以疑惑的眼神看著我，「為什麼你不在這個地方的期間，還會知道這麼多在外頭發生的事？」
「總之，你快說，我待會兒再解釋。」我催促著黃允行，「他們在外頭遇到了什麼？為什麼會死？」
「……很抱歉，你可能不太想聽到這個答案。」黃允行看著我的表情，有點不忍地道，「我們什麼也不知道。」
「……咦？」我的心向下一沉，這的確不是我想聽到的答案，因為我根本沒有預料到會變成這樣。
「在那些學生回到學校的時候，我們的幾名成員走到禮堂想要接收他們。」黃允行道。「誰知道，那些很久沒有在學校露面的老師突然成群出現，並衝到那幾個倖存的學生面前把他們全部帶走。」

「……那些老師果然知道些什麼事。」我氣憤道，「那麼，他們把那些學生帶到了哪裡？」

「雖然我在知道那些老師的舉動以後，已經派了一大群人上前阻攔，但他們的速度實在是太快了，我們只能看到他們把那些學生帶到六樓以上的樓層，也就是他們的勢力範圍，基於不想和那些老師起太大衝突的關係，所以我們就打退堂鼓了。」

「……至少，我們知道有些學生能夠活著回來，並且清楚外頭的狀況。」我道，「將近三百人的隊伍，竟然無緣無故地死了兩百多人，他們一定是在外頭發現了一些……能夠置他們於死地的東西。」

「那是當然的，這也是我們將會查出來的事。」黃允行道，「那麼，你還想不想聽最後一項情報？」

「還有嗎？」我愕然道，「當然了，剛剛那都不是我們自己搜索，而是自己跑出來的情報，你以為我們真的什麼也沒有做嗎？」

「我們在發現那個大坑以後，隨即派遣了一支隊伍前往大坑裡進行搜索，不過他們到現在都沒有回來，所以我們判斷裡面不適宜任何人進入，接著就封鎖了整個大坑的入口。」黃允行說。

「雖然到後來，有很多進去裡頭的人都回來了……但我們決定以其他方式，在附近尋找能以安全的方式搜集的線索……首當其衝的，就是那些怪異的藍霧。」

「我們嘗試收集那些藍霧，想要研究裡頭的成分，但我們發現，即使將氣體裝進封閉的瓶子，一旦實驗開始打開瓶子的時候，它們就會像擁有自己的意志般，往三個不同的地方跑去。」黃允行道。「那三個地方，其中一個是一樓操場的大坑……你沒有聽錯，是三個地方，而不是一個。」

50

「別賣關子了，另外兩個到底是哪裡？」我不耐煩地問道。

「其中一個地方是位於學校的後山，另一個則是七樓以上，老師們的聚集點。」黃允行道，「如果我沒有猜錯，那些藍霧衝向的地方……應該有著同樣的大坑，或是其他有類似性質的地方。」

正當我想發言的時候，黃允行又想起了一些事情。

「對了，那些藍霧衝向另外兩個地方的時候，又突然轉變成兩種完全不同的顏色。」黃允行道，「到學校後山的是綠色，到老師那裡的是灰色……我們還不太清楚它們之間的關係，可能是那個地方也有類似顏色的霧氣，才會使它們在到達那裡之前就變成了那個樣子。」

「這就是我們這些日子搜集到的情報。」黃允行道，「該你了，你在那個地方又找到了什麼？」

雖然沒有戴上手錶，但我可以肯定，我在坑道裡最多只經過了一天的時間。沒想到，竟然發生了這麼多值得留意的事件。

「只是一陣子沒見，怎麼你們好像突然知道了這麼多東西。」我感慨道。

「我覺得這時間已經夠長了。」黃允行說，「那麼，你在那裡的經歷是？」

聽到黃允行這樣說，我也不好意思不說出自己在坑道遇到的事，於是就從自己和其他人走到坑道裡開始說起，一路說到和謝梓靈逃出地道，但兩個人因此失散的事情。

「我也想順便問你這件事，你剛剛說那段期間有看到我以外的人從大坑裡走出來，那你知道他們上哪去了嗎？又是什麼人？」我問道，「如果那是我的同伴，我就可以盡快和他們取得聯繫。」

「對不起，我們也是看到有人從地道走出來以後，才封鎖大坑的。事實上，你是第一位和我們展開對話的人。」黃允行道，「這些人從地道走出來，就紛紛走到不同的地方去了，所以我們沒有任何有關他們的資料。」

「沒關係……」我有些失望。

「不過你放心，從坑裡走出來的人不少，總會有一位是你的同伴的。」黃允行安慰我，然後開始分析我在坑道裡的經歷。

「也就是說，那個地方是所有死去的學生都會被轉移過去的地方？怪不得那些屍體在死後會慢慢消失。」

「不過我倒是沒看到肢體什麼的，可能是藏在尖柱的下方看不到吧。」我道。

「那你剛剛提到的，在那個地方拿到的人像，能給我看看嗎？」黃允行問道。

我把人像從懷裡拿出來交給黃允行，黃允行取過人像以後，就把它放在桌上看著。

「等待送出：7」

「如果你的假設沒有錯，現在又多了七個人死去。」黃允行道，「這東西，事實上就是個死亡人數計算器啊。」

「沒錯，所以拿著這東西的時候，我心裡也挺不好過的。」我道。

「……那不如，將它交給我們如何？我們拿這個東西來研究，以我們的人數，或許可以找到更多的線索！」黃允行興奮地說道。

「這可不是我們交易的範圍。」我說完，一手奪回了那個人像，「在弄清楚這東西的用途以前，我不想把它交給任何一個人。」

「有點可惜。不過，至少我們終於知道坑道裡的情況。」黃允行道，似乎沒有對我的選擇表露出太多負面情緒，「謝謝你的幫忙，我們會把你的經歷好好記錄下來的。」

「如果沒有其他事，我想我還是先離開了。」我見待下去也問不出什麼事，便決定離開。

「那你接下來打算做什麼？」黃允行問道。

「首先要做的，當然是把其他人找回來。」我不假思索回答，「其他事情以後再說。」

「如果你需要我的幫忙，歡迎隨時回來。」黃允行微笑道，「當然，要是你決定加入學生會，也可以過來找我。」

「這句話我聽到了，再見。」

我跟黃允行道別後，就打開門踏上回程。

一路上，由於知道我是學生會會長的朋友，學生會的人都沒有特別為難我，我也很輕鬆地到達了三樓。

在確認走到沒人看到的死角後，我又重新爬出了學校，回到校工宿舍的據點去。

在校工宿舍中，我一邊往房間門口走，一邊猜測我可能會在這裡遇見誰，不管是妹妹，或是阿源、梁俊聲、林小雯、王亮端他們，每一種可能性我都猜測了一遍。

但就是沒有想到她。

「你好。」就在門外，潘菁妍疲憊地揉著眼睛，從牆邊站起來對我打招呼。「很久不見了。」

她手上又拿著那把鋒利的菜刀，上頭還有些疑似血跡的鮮紅色液體。

51

「妳……妳好。」我看著她手上的菜刀，默默地取出自己手上的短刀。

「怎麼一看見我就把防身武器拿出來了？」潘菁妍無奈道，「我看起來像是這麼危險的人嗎？」

「妳先看看自己刀上的紅色液體再說話。」我和她保持著一定的距離。

「呃，這個啊……我剛剛遇上了一些追捕我的老師，情急之下才把他們打退的……」

潘菁妍說完就收起了刀，「那我把刀收好，你總可以安心了吧？」

「可能吧……不過，妳到底來這裡幹什麼？」我問道。雖然她曾經很多次想要殺我，但每一次都是以一副逼不得已的臉來殺人，使我完全無法生氣。

老實說，我也很想知道她這樣做的目的。

「那還用說，當然是來找你啊。」潘菁妍道，「我到了不同的地方，似乎找回一部分的記憶了。」

「什麼記憶，難道說，妳終於想起妳到處打破火警鐘、讓老師自殺，然後要我去死的原因了嗎？」我問道。「原因到底是什麼？」

「我是說，一部分的記憶，不是全部的。」潘菁妍道，「你剛才問的問題，我全部都沒辦法回答。」

「沒關係，那妳就說妳記起的事情吧。」我道，「不論妳想起了什麼，對我們離開這個地方應該都有幫助的。」

「哦，好的。」潘菁妍做了個深呼吸後道，「那我要說了囉？」

「說吧。」我立即接話。

「我在那時候……」

「什麼時候？」

「我在殺你的時候，想起了殺你的原因……」

「什麼原因？」

「我在殺你的時候，想起了殺你的原因，那個原因，應該只是我記錯而已。」潘菁妍一共把話重複說了三遍，這才說到重點，「殺你應該不能達到我的目的，雖然我不確定、也不記得我的目的是什麼。」

「哦，那很好啊——還有呢？」

我等著潘菁妍往下說，期待她能講出其他事情。

「沒有了。」潘菁妍側著頭道，「你還想知道什麼？」

「等等。」我不禁捉住潘菁妍的肩膀，「妳的意思是，妳說妳回想起的一部分記憶，就只有『殺我應該是錯的』這種事情而已？」

「對啊。」潘菁妍理直氣壯地道，「不然你到底想知道什麼？」

「那不是廢話嗎！」我不知道該生氣還是該笑，「地球人都知道殺人是不對的，為什麼一到妳身上好像就變成千古大難題了？」

「可是，我這樣做是有原因的！」潘菁妍反駁著，「我是為了幫助你才這樣做的！只是我忘記了怎麼做才能幫助你而已！」

「妳不是說，妳已經不太肯定這方法是不是有效的嗎？」我道，「如果事實上並沒有用，但妳已經殺了我，到時候誰也挽回不了啊！」

「所以，我才在這裡等你回來啊。」潘菁妍道，「在學校周遭搜索的情報都找得差不多了，所以我想跟在你身邊，應該能更快想起更多的事情。」

「跟著我？」我愣了愣，「也不是不可以……只是，妳會不會趁我沒注意的時候想殺死我？」

「放心吧，我一定不會的。」潘菁妍看著我的臉認真說道，「即使我已經想起了殺你的理由，我也會在殺你之前讓你知道，不會偷偷把你殺死。」

「是嗎，那還真是謝謝了。」我白了她一眼。我應該稱讚她誠實？還是坦率直白？

「對了，如果你來這裡是想找人的話，已經有人在裡面了。」潘菁妍指了指門內道，「那個人知道我是來找你的，所以要我在外頭等，不要打擾到他工作。」

「有人回來了？」我喜出望外，沒想到真的有人回到校工宿舍來了，連忙打開門。

打開門後，那名坐在電腦桌上持續工作的男人抬起頭看著我，他身邊放著一大堆用完以及未用的後備電源，看來都是從學校那邊拿過來的。

「好啊，你這小子，終於願意回來了嗎？」阿源高興地說道，「已經三個星期了，三個星期你才回來，你在裡頭也待得太久了吧？」

「你說什麼，三個星期？」我被阿源的話嚇了一跳，「什麼三個星期，我不是只去了一天而已？」

「用了一天時間的人是我，不是你們任何一個人。」阿源道，「你和你妹妹還有王亮端，自從我們出來以後，都沒有在學校的任何角落出現過，我還以為你們都已經死了。」

52

「這不可能。」我搖頭。「我又沒有在裡頭睡著過，一整天已經非常奇怪了，你現在居然說三個星期……」

「這可能也是那裡的異常特性之一。」阿源低頭想了想，然後繼續問，「你在那裡遇到了什麼？」

於是，我又把自己和大家失散後，在坑裡發生的事情對阿源說了一遍。

「這就是我們在湖裡拿到的東西。」我將人像交給阿源，「你把它放大一點，就是我們在湖底看到的人像了。」

阿源接過人像，看到表面寫著的「等待送出：8」這行字。

「又有一個人死去了。」我皺眉道，「剛剛那個數字還是七的。」

「沒想到，那個坑道竟然能看到這麼多東西。」阿源道，「我的經歷也和你們差不多，在那一下閃爍過後，我發現只剩下自己一個人而已，雖然地道恢復正常了，但我還是不敢再向前走一步，所以就回去了。當我從大坑走出來，回到這裡的時候，波叔跟我說，我們已經去了那個地方整整一天。

「我曾經回到大坑入口等待你們……發現那邊根本什麼人都沒有，而我也不想再回去了。」阿源苦笑道，「這次，我真的以為你們都死了。」

「雖然我還活著。」我道，「你有看見其他的人嗎？」

「有……除了你，還有另外兩個人。」阿源道，「梁俊聲和林小雯，都在一個星期以後回來了——但無論我怎麼問，他們都絕口不提在地道裡看到了什麼。我現在也是聽你說了，才知道裡頭的事。」

「那他們現在到哪裡去了？還有，你有看見我妹妹和王亮端他們嗎？」聽到有人也回來了，我還是非常高興，但一天不知道妹妹的下落，我也無法放心。

「沒有。」阿源斬釘截鐵地回答，「他們從來沒有回來過。」

我聽完，瞬間露出了擔憂的神情。

「沒關係，既然你回來了，那他們也能。」阿源道，「你不是說裡頭的水可以呼吸的嗎？就算你妹妹掉進水裡，也不可能淹死的。」

「這我很放心，她水性比我還好。」我道，「不過……她這個人只是假裝堅強，實際上是很膽小的，我實在無法想像她看到這些……東西以後，會有什麼反應。」

「人總要成長的。」阿源拍拍我的肩膀，「你就當是她的歷練吧。」

「……那，其他的人到哪裡去了？為什麼只有你一個人？」沉默了一會兒以後，我決定讓自己重新冷靜下來，畢竟也不可能在原地踏步，等待妹妹他們回來，「梁俊聲和林小雯呢？」

「他們回來以後，說不想再和我們一起就離開了，從那以後，我也沒有他們的消息。」阿源道，「這也難怪，畢竟他們在出發前是投了不想去的票……現在出事了，決定離開也是人之常情。」

「他們已經離開了嗎……」我道，「那你這幾天都在這裡生活？你是怎麼解決食物問題的？」

對，食物的問題。

阿源說他已經在這裡過了三個星期，但我記得即使集合全校的食物也不可能養活這裡所有人這麼久才是。

「我也不知道為什麼。可是，那些勢力的首領似乎都知道如何找到更多食物。」阿源道，「就像黃允行那傢伙，昨天還說已經沒有足夠的食物了，今天就拿出一大堆泡麵和瓶裝水，甚至還能發給我們這些中立人士。」

我愣了愣，黃允行從來沒有跟我說過這件事。

「那傢伙的城府挺深的，我勸你還是不要和他有太多往來比較好。」阿源低聲道，「不然有天他出賣你的時候，你可能還以為他在救你。」

「行了行了，這些人情世故我還知道。」我道，「食物的事就先不要擔心吧，有機會我再去問黃允行。這幾個星期以來，你有沒有什麼新的發現？我的意思是，你都待在這裡三個星期了，不可能只是打開電腦這麼簡單吧。」

「當然，你看看這個。」阿源把東西交給我，「這是學校舊版的建築設計圖，我花了好幾天時間才把它從資料庫裡偷出來。」

我取過那張紙，上頭印著學校的平面圖。

「你看看有什麼特別的？」阿源問。

我聽了，開始細看那張建築設計圖。

原本在房間一旁待著的潘菁妍，也在這個時候走近，看看建築設計圖上畫的到底是什麼。

在我和潘菁妍看到學校平面圖的瞬間，同時叫出了一句話。

「這間學校有八樓？」我和潘菁妍驚訝道。

53

我們學校最高的地方為七樓──至少我在這裡讀了六年，是這樣認為的。

這六年算起來，我應該上到七樓超過一百次了，但我從來沒看過繼續往上走的路，也就是到八樓去的樓梯。

即使是任何一道樓梯，都找不到上八樓的路。

「你也說這藍圖是舊版的吧？」我道，「會不會這個設計後來被推翻了，然後變成了今天這個樣子？」

「也有可能，但你看看這個。」阿源指了指七樓的一個位置，「我知道你會懷疑，是因為那三道樓梯最高都只能到七樓而已。不過，這裡還有一條路。」

我望向阿源指著的那一點，那裡是七樓的盡頭，根據校方的說法，是一間被稱為「雜物房」、有著毫不起眼名字的地方。

「照平面圖所示，雜物房這裡就有一道通往八樓的樓梯。」阿源道，「即使是我，也從來沒有去過那個地方，所以我們沒有充分的證據能證明八樓是不存在的——更何況，你不記得七樓是沒有天台的嗎？」

「的確，不知道為什麼，我們學校即使爬到最高那層，也看不到天空。」我道，「七樓和其他地方一樣，都是有屋頂，而不是露天的，我也不太清楚為什麼會這樣……」

「很可能就是它有八樓的緣故。」阿源說，「問題是，平面圖上並沒有畫出八樓的模樣……只指出七樓有一條到八樓的路而已，我們也許可以找一天去看看。」

「現在那些老師都躲在六樓，六樓以上的地方都是他們的。」我說出了難處，「這比潛進一樓的操場更具挑戰性啊。」

「所以，我只是提一下這件可以做的事而已。」阿源道，「事實上，我要你們留意的還不只這件事。」

「還有什麼？」我問道。

「看看這間學校的構造，你不覺得和其他學校相比，它有特別奇怪的地方嗎？」阿源道。「老實說，我任職好幾年了，之前也到過不同的學校，自己也當過中學生，都沒有見過這麼奇怪的學校。」

「到底是什麼？」我有些不耐煩了，怎麼所有人都用這種愛說不說的口吻來跟別人說話？

「試著想像一下。」阿源說這句話的同時，眼神同時掃向了潘菁妍，「如果這個地方發生火警的話。」

我注意到，當潘菁妍聽到這句話的時候，全身顫動了一下。

「這間學校的建築特點，就是離開的路只有一條，而且還異常狹窄。來到學校的第一天，我還以為是自己走進了後門，後來才發現，這學校的入口就只有一個。」

「你看看這間學校的構造圖，疏散起來恐怕會引發嚴重的壅塞，得花上多一倍的時間才能離開這個地方。」阿源道。「即使沒有壅塞，能出去的地方也只有大門一個位置而已，所以如果真的發生必須疏散學生不可的災難……」

「可是，後來整修的時候，現在的學校也有一部分改變了。」我指了指其中一個位置，「例如，這個地方就比以前來得寬闊許多。」

「這肯定是因為政府干涉，才使校方必須這樣做的——但是，身為問題核心的出口，還是只有一個。」阿源道，「如果發牛了什麼事情，令大量學生死亡的話，這間學校的構造必須負最大的責任。」

「我聽說學校的設計……校長也有參與在內。」我喃喃道，「白霧出現的那一天，她並不在這裡。」

「哼哼，好小子，我才說到這裡，你竟然就想到這麼多東西。」阿源道，「最大的問題是，我們沒有人注意到這點，要不是我找到學校的舊構造圖，也不會想到這方面來。你再想想，上次裝潢以後，學校的地板和牆壁不知為何全都更換了新的材質。」阿源道，「你對那種材質有什麼感覺？」

「它給我一種……很寬闊的感覺？」我嘗試回想那種感受。

「沒錯，就是很寬闊的感覺。」阿源道，「明明地板和牆壁沒有什麼必須更換的地方，但突然之間全部更換了，換成了你所說的給人有寬闊感覺的材質。」

「等等，我們想得太遠了。」我舉手制止阿源的無限聯想，「學校只有一道大門的確是真的，但也未必代表接下來這些事全都和大門有關。」

「你也說了，未必啊。」阿源狡黠地笑著，「也就是說，有可能全部都和這件事有關。」

說到這裡，門外突然傳來拍門聲。

「我們是老師，是來找一個人的。」外頭傳來一名成年男人的聲音，「她斬傷我們其中兩位老師，逃到這裡來了。你們是校工對吧？如果在的就快點開門。」

如果我們開門的話，他們一定會很高興，因為他們就同時逮到三位通緝犯了。一位傷人，兩位殺人。

我望向潘菁妍，她以一副快哭出來的表情對我搖頭。

「雖然妳不斷想殺我這一點很可怕，但在妳恢復記憶、搞清楚妳為什麼要這麼做之前，我不會把妳交到任何人手上。」我道。「看來我們要想個躲藏的方法了——阿源？」

「你一回來，就發生了如此麻煩的事情。」阿源苦笑道，「這裡就只有一道門而已，我們無處可逃，也無處可躲。」

54

我把波叔交給我的長棒重新拿在手中。

「妳知道外頭有多少人嗎？」我問潘菁妍。

「追我的時候有六個，後來我打傷了兩個，所以我想應該至少有四個人才是。」潘菁妍想了想以後道。

「人數上比較不利啊，正面交鋒的話我們無法取勝。」阿源道，「這個地方又沒有什麼可以讓我們躲起來的東西……」

「把側邊的電腦搬到門前，擋住他們不就行了嗎？」潘菁妍道。

「只要他們封鎖這裡，我們就一輩子都別想出去了，這樣不行。」我道，「一定要想到把他們趕走的辦法才可以。」

「等等，我們先安靜下來，說不定這些人會以為我們不在裡面，就此離開也說不定。」阿源道，「先別出聲。」

我們聽從阿源的話，紛紛閉上嘴巴。

「……古老師，裡頭沒有人。」另外一名老師說道。

我眨了眨眼，古老師是我們的國文老師，也是我們班的導師，沒想到竟然能在這種地方遇到他。

「……不是沒有人在裡頭，是沒有人願意回答我們。」竟然被古老師發現了，「剛才肯定有我們以外的人的聲音，這裡也有血跡。」

他說的血跡，指的可能就是潘菁妍的刀流下來的。

「那就沒辦法了……我去找波叔，要他把這裡的萬能鑰匙借給我們吧。你們留在這裡，不要讓他們溜出來。」

古老師說完，我就聽見了漸漸遠離的腳步聲。

「就是現在。」阿源道，「他們走了一個人，對我們來說是最好的機會。」

「我不知道這算不算是……那我們該怎麼對付這些人？直接打開門嗎？」我問。

「呃，要這樣嗎？」阿源愣住了，「我們絕對不能開門衝出去，那會失去我們唯一的優勢。」

「這樣所謂的好機會，和沒有又有什麼分別？」我白了他一眼。

「別著急啊，至少可以在他們攻進來以前做一下準備。」阿源靈機一動，望向房間裡的電腦，「例如，設下一些陷阱之類的。」

＊＊＊

五分鐘後。

為了迎接老師們的到來，我們匆忙地做了兩樣準備。

第一個準備，是把一台小型主機放到門的上方。我不知道阿源怎麼辦到的，但他竟然能夠把那台主機固定在那裡，除了打開門觸動陷阱的時候，這東西都是非常穩固的。

「以前為了報復欺負我的人，我就把垃圾袋放到門上面，也學會了這個做法。」阿源解釋道，「但以現在的情況來說，這玩意兒掉下來可不是作弄別人這麼簡單了。」

第二個準備，也是令我非常困惑的一件事。

我不明白為什麼阿源要我站在門前，然後記下我頭顱的位置。

「待會兒有用。」阿源道，「總之，有了現在這些東西，應該就能充分利用這裡的優勢了——再加上這玩意兒的話。」

阿源說完，拿出了一把太刀。

「……你是怎麼在學校找到這種玩意兒的？」看著阿源揮動那接近一米長的武器，

我不禁問道。

「一個星期前，某名老師非常興奮地拿著這玩意兒跑到二樓，說要用自己的珍藏殺死所有人……其他的學生把她圍毆至死了。」不知為何，阿源說這番話的時候，我看見他的雙眼閃過一絲陰霾，「我在混亂中搶了她的武器，然後一直收在這裡。」

這個時候，我已經可以聽到鑰匙開門的聲音了。

「他們要進來了。」我焦急道，「我們負責做什麼？」

「你們兩個在一旁幫忙打人就好。」阿源自信道，「第一輪就交給我吧。」

「什麼？那怎麼行——」

「來了。」

在阿源說話的同時，門也跟著打開了，我們也看到了老師的人數。

和我們剛開始猜測的一樣，這裡一共有四位老師，其中一名是古老師，站在四個人的最後方。

「啊啊啊啊啊啊啊！」阿源大叫，然後拉下了陷阱。

只見主機朝著某個人的後腦杓飛去，但是，那名老師在主機掉下來以前成功地躲開了，並衝進了房間內。

「你是小學生嗎？」老師冷笑道，「以為這樣做就能把我們其中一個人幹掉，這種想法也太天——」

砰啪。

隨著主機落下，門也因為它的拉動再度關上。

我此時發現，這才是阿源設置陷阱的目的。

「我的目的不是幹掉一個人，而是讓其中一個人進來。」阿源冷笑道，說完竟然衝上前，用太刀一口氣刺在我的頭顱上——我的意思是，門上畫著的我的頭顱的位置。

同時，我和潘菁妍也不等老師反應，就上前制伏了那名老師，由於人數上的優勢，即使老師做出反抗，也起不了什麼效果，我們就這樣一左一右把那名老師打倒在地，並斬傷了他原本拿著武器的手，還奪去他手上的武器。

在阿源收回太刀後，我看見太刀前端染著新鮮的血液。

「首先，身為開門的那一方，你認為自己有絕佳的優勢，所以閃主機的時候，你選擇了向前衝而不是向後，以免失去攻擊我們的機會。」阿源邊說，邊刺向門的各個地方，每一次攻擊都會伴隨著血液。

「然後，當你被困住的時候，這些人急著救你，再加上有鑰匙的關係，他們以為自己很快就能打開門，紛紛衝上前想再次開門進來。」阿源道，在刺下最後一刀的時候，他已經聽到一連串的腳步聲。

「……看來，外頭應該只剩下兩個人而已。」

那名老師看著阿源，眼神充滿恐懼。

「現在，該你了。」阿源蹲下來看著那名老師，獰笑道，「我們有很多事情想問你，希望你能好好合作，這樣也能活久一點。」

我看著阿源，感覺眼前的這個人，和以前我所認識的阿源有點不一樣了。心狠，手辣。

這幾個星期以來，到底發生了什麼事情？

55

「接下來的事情，我想你們還是不要看比較好。」

阿源這樣說完，確認外頭的老師都跑了以後，就讓我和潘菁妍走了出去。

「看來，我們得盡快找到新的藏身點才行啊。」我看著門外的血跡說道，「這些老師回到安全的地方以後，肯定會重新派遣一大堆老師過來這裡找我們的。」

「我想阿源也已經準備好了。我第一次到這裡的時候，他跟我說在用光最後一點電力以後，他就會離開這個地方。」潘菁妍道，「我看他能用的備用電源應該不多了。」

「他審問的動作最好快點，我們沒有多少時間。」我道，「要是這些老師趕在我們離開以前封鎖整個校工宿舍的話，一切就完了。」

「我想他們應該沒有這麼多的人手，追捕我的時候，明明有二十多名老師發現我，也僅僅派了幾個人追過來而已。」潘菁妍道。

「他們應該還有什麼重要的事情要做，所以不會投入太多人手來找我們。還有一件事，在我被他們發現的時候，看見他們的雙眼，不知為何，一直都是無神的，像是發生了什麼重大的事情一樣。」

「對了，時間還早，我們不如回到學校，看看能不能調查一下阿源說的那些事？」潘菁妍不是在詢問我意見，而是在下達命令，她說完就把我拉了出去，「我們出發吧。」

於是，我就這樣強行被潘菁妍拉到學校門口去。

「等等。」在快要到達門口之前，我制止了潘菁妍，「妳打算直接走進去？這裡可是有老師的。」

「沒關係，以前我也是這樣做的，即使打不過他，只要我跑得快，他也不會為了追捕我而離開自己的崗位。」潘菁妍道，「先前我都是用這樣的方式進出的。」

「那我現在告訴妳一個更安全、更有效率的進出方式吧。」我說完，就帶著潘菁妍到了三樓的那個地方。

「真不愧是在這裡讀了六年的人，竟然知道這麼多隱藏的入口。」潘菁妍佩服道。

「其實這個地方是一個從來沒有讀過這間學校的人發現的，不是我本人……」我有點不好意思地回應著。

說到這裡，我想起了仍然失蹤的妹妹，不禁又再次擔憂起來，「我從那個地道出來以後，一直都沒有看見她的蹤影，不知道她現在到底如何？」

剛剛我向阿源說起我在地道的經歷時，潘菁妍也在場，所以她自然知道我在說什麼。

「別擔心了，擔心也改變不了什麼。」潘菁妍安慰道，「大不了也是一死，沒什麼好操心的。」

我聽見不禁愣了愣。

能說出這種完全安慰不了人的安慰話，就只有一個人而已。

「……我記得，這好像是我的口頭禪啊？」我道，「雖然到了這個地方以後，覺得在這種場合還說這些話會被別人打，所以就沒有再講了，但在以前，任何人遇到任何事情，我都是用這句來安慰他們的。」

「對啊，所以我才把這句話說出來，」潘菁妍道，「因為你也這樣對我說過，所以我才對你說這句話，這樣安慰的效果也會大一些。」

我看著潘菁妍，一股奇異的感覺油然而生。

「……我們應該是認識的。」我喃喃道，「但我總是想不起是在什麼時候，是如何、又是為什麼。」

「我也是同樣的情況。」潘菁妍以一副認真的表情回答道，「所以，這也是我想殺死你的其中一個原因，或許只要你死了，我就能回想起來，我們到底是怎麼認識的了。」

「拜託，饒了我吧。」我無力道，「我不知道妳剛剛那句話是認真的還是開玩笑，完全不曉得該怎麼回應妳耶。」

此刻，我們正在三樓的走廊上觀望著。

「……那就不要回應好了。」潘菁妍指著七樓，「看看上方，阿源所說的八樓，也許就藏在上方的某個牆壁裡頭。」

我也朝著七樓的窗邊望過去，的確，七樓確實是有與其他樓層不同的怪異之處。

「和其他樓層相比，七樓的底部高很多……」我看著七樓的高度說，「但這裡到底是不是真的有八樓，就不太肯定了，那多出來的高度好像又不足以建造另外一層……」

「如果八樓存在的話，唯一可以肯定的是，它一定非常黑暗。」潘菁妍道，「那地方連窗戶都沒有，加上這裡已經沒有任何能用作長期照明的電力，我們上去也只是自討沒趣而已。」

這個時候，我們忽然聽見自二樓傳來了巨大的聲響——某人用麥克風不知道正在說些什麼。

「演講嗎？」我道，「黃允行那傢伙，又想搞什麼鬼？」

「也只是走一層樓的路，有必要這樣懶嗎？」潘菁妍說完就下樓去了，「去看看吧。」

56

潘菁妍走前了幾步，突然又停下來。

「怎麼了？」我在她身後問道。

「不，只是覺得有點奇怪……」潘菁妍想了想，還是決定把疑問說出來，「我剛才其實只是指了一個大概的方位而已，我說有沒有窗戶什麼的，也只是憑著自己的記憶說的……你應該也是這樣吧？」

我一時之間還不太明白潘菁妍到底想問什麼。

「我的意思是，」潘菁妍看著我嚴肅道，「這個地方還和最開始一樣，充滿了大霧，霧大得連周圍幾步的東西都看不見。」

聽到這裡，我才明白潘菁妍想問的到底是什麼。

「可是，這裡的霧不是已經散了一點嗎？」或許是因為走進地道裡的時候，藍霧的能見度遠比白霧高得多，所以回到這邊之後，我也沒有特別意識到周遭的情況和以前有點不同——霧還是存在的，但已經稀薄了一點。

「雖然能見度仍然不是非常清楚……但至少能隱約看到遠處的景物了。」我道。

「不可能。」潘菁妍否定了我的說法，「我一直居住在這個地方，這幾天以來，能見度都是一樣伸手不見五指的狀態。」

「那我看到的是什麼？」我伸手指向七樓上方，「七樓的確在那裡，我不但肯定我看得到它，而且它也一直在這個位置，從來沒有變過。」

「有什麼好生氣的，既然你的視力變得比我好，應該是值得高興的事情才對。」潘菁妍搖起手。「只是，如果你真的因為某種原因能看穿這些霧，那我們找出你是如何得到這個能力的，幫助其他人也能看清楚，這樣不是更好嗎？」

「這不是能力，而是霧真的消散了。」我堅持著，「妳真的確定現在的霧和以前一樣濃嗎？」

「對。」潘菁妍肯定道，「我非常確定。」

我沒有再說話了，潘菁妍沒有欺騙我的道理，也就是說，的確是因為我身上發生了什麼事，才會使我看得到被白霧遮蓋的景物。

「我記得自己走進坑道的時候，有一種『所有東西都因為白霧消失的關係，變得一目瞭然』的感覺。」我道，「或許，我的視力和我走進地道這件事有關？」

「那我們回去的時候最好問問阿源，看他有沒有同樣的情況出現。」潘菁妍說完就在禮堂的入口停了下來。「我只是想告訴你，現在大部分人的視野，仍然是只有三四步能見距離的，所以你可以利用這個優勢，讓我們找一條不被別人察覺的通道潛進去看看。」

「結果是把我當成道具使用嗎……」我有點無奈，「可以是可以，但我有一個條件，就是妳不可以亂跑，由我帶頭，妳跟著。」

「就這樣辦吧。」潘菁妍道，「老實說，我對於你視力變好這件事，總有種非常不好的預感……別問我為什麼會這樣，和需要殺你一樣，都是不知道位於腦海中哪個角落的訊息。」

當我帶著潘菁妍走到禮堂前方的時候，卻發現伴隨著大量的討論聲，周圍的人都無緣無故地散去了。

「聽不到演講的聲音，看來已經結束了。」潘菁妍怪責道，「你真沒用，這樣也趕不上。」

「這是我的問題嗎？」我不滿地對潘菁妍道，「聽到演講聲音的可是妳，而不是我。」

在這個時候，我看到黃允行從禮堂的臺階走下來，急促地朝著一個方向走去。

我見狀，隨即打算走過去，問他剛才在說什麼，以及到底是在哪裡找到這麼多食物的，卻在中途因為黃允行所說的話而愣住了。

「你們到底有什麼目的？」只見黃允行朝著那幾個背向我們的人，冷冷地道，「正因為我們已經分散太久了，所以我才想集結其他的人，第一步就是把那些盤踞在五樓、持有大量資源的葉震霆等人趕走。」

那群人回過頭以後，我才看到他們的臉。

在最前方的是楊充倫，那個我們班上曾經被霸凌的人，他身後則站著梁俊聲、林小雯以及另外兩名我不認識的學生。

「為什麼？」黃允行憤怒道，「為什麼要在這時候衝上臺，發表那種離間大家的言論？」

「說得真好聽啊。其實，我們也只是想提醒大家一件事。」楊充倫僅僅看了黃允行一眼，便帶著其他人離開禮堂，「有時候，要提防一下這些假裝為大家犧牲的人物，小心他的所做所為，我剛剛只是想指出這一點而已。」

「梁俊聲、林小雯！」我看著他們大叫，「你們為什麼會在這裡？」

梁俊聲他們只是停頓了一下，就和其他人一起離開了禮堂。

57

即便我後來再怎麼叫喚，也見不到他們願意回頭看一眼。

「黃允行……」我只能把解答疑問的希望，寄託在另一人的身上，「你為什麼會在這裡？他們……為什麼又會在這裡？」

「正如我剛剛所說的，我把學生會的人聚集在一起，對他們說我們接下來的安排。」

「我的計畫是想帶領其他人奪走葉震霆他們位於四樓音樂教室的據點，作為瓦解他們勢力的第一步……可是當我話說到一半的時候，這些人就來了。」

「他們奪走我原本站著的位置，上臺開始說話，主要是勸大家不要聽從我的指示，以及不要和這些人拚命等等。」黃允行憤怒道。

「雖然大部分的人都認為他們是來擾亂秩序的，但還是有一些人因為他的話動搖了……這場演講的目的原本是為了重拾這些不太信任我們的人的信心，現在反而弄得更糟了。

「對不起，但我現在要善後，畢竟這些人實在是引起了不少騷動。」黃允行說完就匆匆離開了，讓我連問他關於食物問題的時間都沒有。

於是，禮堂中很快又只剩下我和潘菁妍兩人。

「……我在這裡，阿源留在機房，妹妹和王亮端生死未卜……」我喃喃道，「現在，梁俊聲和林小雯兩人跟隨著楊允倫那個人，不知道在幹什麼。」

「只能說，你的同伴們還真是有活力啊。」潘菁妍道，「那我們現在怎麼辦？回去嗎？」

「不然還可以做什麼。」我道，「阿源應該也差不多了，我們回去吧。」

我們回到校工宿舍的時候，剛好看到阿源正在拖著一個黑色大垃圾袋出來。

「呃，我已經從他身上問到幾件事了。」阿源道。我留意到那袋子正滲出血來。「我先去扔一下垃圾，待會兒回來再跟你們說。」

「好吧。」看著阿源離開宿舍，我不敢問他那名老師的下落。

於是，我們坐在宿舍裡頭等待，直到阿源回來為止。

阿源離開了很久，一直到我想起自己已經好幾天沒有睡覺，而且睡著的時候，他都沒有回來。

「你還真是豁達啊。」潘菁妍看著我倒在桌上之後道。

「記得不要在我睡覺的時候殺死我。」我疲憊道，「多謝合作。」

當我被阿源叫醒的時候，已經是三十分鐘後的事情了。

「早安啊，或是晚上好？」我從睡夢中醒來道。

「晚上好。」阿源抹了抹自己身上的血跡，然後找個舒適的位置坐下來，「不幸的是，這名老師在這裡的地位似乎不高，不知道太多事情，所以我只能從他口中套出幾句話。」

我和潘菁妍都坐直了身子。

「不說套話的過程……我就直接把聽到的話說出來吧。」阿源咳嗽了幾聲道，「首先，因為更高職位的老師們，不知為何都跑到外面去了……身為學校最高領導者的仇柏希，說自己有校長留下來的指示，要其餘的老師聽命於他。」

「不知道為什麼，這些老師真的聽話了，全都跟隨他的指示去做……仇柏希要所有人撤出教師休息室，並跑到六樓以上。由於他也有和黃允行一樣，不知道從哪裡找到食物的能力，這也可能是大部分人仍然聽命於他的原因。」

「在控制這些老師校工的同時，仇柏希還讓他們去做兩件事。」阿源道，「一件事是守著七樓，另一件事是守著學校後山入口……現在，根據剛才的兩句話，你想到了什麼？」

「那兩個地方……等等，你也聽過黃允行的話？」我有些驚訝地道。

「我曾經幫助他打開教室裡頭鎖著的文件，作為交易，他也跟我說了這些藍霧的事情。」阿源說。「沒錯，那兩個地方就是藍霧分成三份以後，所飄向的兩個位置——有人似乎想隱瞞某些事情啊。」

我和潘菁妍都默不作聲地坐在原位。

「以上，就是我從那個人身上所搜括到的情報。」阿源道，「各位有什麼感想？」

「……既然你們已經去過了藍霧所在，就更應該把其餘兩個地方也去一遍。」潘菁妍道，「如果藍霧代表的是我們的墳墓……剩下兩個又代表什麼？」

「對了，說到藍霧，你的視力在出來之後有沒有加強？」我想起剛才發現的事，連忙問阿源。

「沒有啊。」阿源搖頭，「倒是霧散了很多，為什麼無緣無故這樣問？」

「那就是加強了。」我道。「進去那個地方並活著出來的話，我們眼中的霧就會變得稀薄一些……這也是我剛剛才發現的。」

「這麼厲害？」阿源連忙看看周圍，「那麼，只要我們跑到剩下的那兩個地方搜索，這些霧是不是就會完全消散了？」

「我不知道。」我苦笑起來，總覺得相較於在藍霧地道裡的阿源，眼前的阿源好像變得大膽外向了許多，我不在的三個星期，似乎發生了什麼足以改變他的事情。

58

當我們說到這裡的時候，門外突然傳來大量的腳步聲。

「怎麼了？」我問道，「難道那些老師終於來了？」

「聽起來不太像。」阿源直接打開門，看到幾名校工正朝外頭跑去。「發生什麼事情了？」阿源問。

「學校那邊出事了，似乎有大量的學生打起來。」其中一名校工道，「為了不讓那些人跑來這邊，我們決定封鎖大門，防止那些受傷的學生跑進來，占據我們的宿舍。」

「每一個人都為自己而活啊。」我苦笑道。

「我們也到外頭看看吧。」阿源說，「其實待在這裡也沒什麼好事，畢竟那些老師已經知道這個地方了……我在機房的搜索工作也大致完成，所以就不要再回來了。」

「也好，雖然我挺想和波叔道別再走的。」我看了看波叔的住處，走到波叔房門前放下他送給我的鐵棒，「但還是算了吧，免得連累他。」

「去學校看看吧，這樣就能知道發生了什麼事情。」阿源、我和潘菁妍三人，一同朝學校的方向前進，走到大門後，我們發現無論何時都駐守在大門樓梯前的老師，不知為何離開了。

從大門口傳來了不同武器的打擊聲音，以及群眾的吶喊聲。

「現在過去那邊明顯只是自尋死路而已。」我道，「雖然潘菁妍看不到……但我們兩個人都能看到遠處的情景，不如就到三樓的走廊眺望如何？」

「非常安全的辦法。」阿源同意，於是我們就熟練地從學校側邊再次跑進了校舍裡。

站在走廊上，我們看到了學校半邊的狀況。

不少學生正拿著不同的武器互相攻擊，一開始我以為只有操場和二樓的學生會發生戰鬥而已，誰知道把視線移往四樓和五樓，就連葉震霆那邊的樓層也有同樣情形。

我以為這輩子只能在書或電視上看到這樣的情況。

一人拿著胡亂湊合的「武器」，對著另一人的要害斬去，要是他不這麼做的話，被斬中要害的人就會是他。

我下意識地把人像拿出，並看了上頭的數字。

「等待送出：30」

「數字還會增加，而且會增加很多。」阿源嘆了一口氣，「在這間學校生還的人越來越少了……雖然能使用的資源會增加許多就是了。」

我向看不到遠處狀況的潘菁妍說明我們在其他樓層看到的情況。

「為什麼兩邊會出現混戰？難道他們同時向對方的樓層發動攻擊了？」潘菁妍問道。

「這也不奇怪，畢竟雙方只有幾層樓之間的距離而已，又不是兩座相隔數千公里的城池。」我道，「看到自己的家被襲擊，出現報復心態，攻向另一方的樓層，會出現這樣的情況也是常理。」

操場上也充滿眾多學生，我們望向中央的大坑，或許是因為大家仍然對這裡十分顧忌的關係，只有這裡還沒有擠滿人而已。

由於三樓剛好是中立地區，我們也可看到不少無派別的學生跟我們一樣跑到走廊來查看——雖然我想他們應該只能用聽的才對。正因為如此，我們可以保持著「事不關己」的態度俯瞰事情的發生。

直到——

在看到某事物的瞬間，我和阿源隨即拖著潘菁妍，向通往操場的樓梯衝去。

「怎、怎麼了？」潘菁妍狼狽地問道。

「他們。」我低聲道，「他們回來了。」我決定用最簡短的話把事情說完，然後將注意力集中在下樓這件事上。

不能有絲毫的疏忽。

不能有一點點的差錯。

他們回來了。

「亦穎晴！王亮端！」阿源邊跑邊叫道，「你們先在坑裡躲著，不要在這個時候出來啊！我們很快就會過去找你們！」

妹妹和王亮端從地道裡走出來了，但才一出來，就走進了戰爭的中心。

我也看到，有幾個距離他們較近的人瞬間就將視線移到他們的身上。

想到他們在不知情的狀況下，出現在那個地方會有什麼後果，我和阿源也只能拚命地朝著操場跑去。

我幾乎是用跳躍的方式下樓的，在跑到操場的時候，我看到妹妹和王亮端正被幾個人包圍著，其中一人正衝到妹妹面前，準備揮刀斬向她。

「不！」我大叫，以我和她的距離，我根本來不及在刀刃揮到妹妹臉頰之前趕到。

身旁的王亮端驚愕地看著揮向妹妹臉上的刀刃，以他手無寸鐵的狀況，他也做不了什麼。

「小心！」

在這個時候，從地道裡衝出來的另一個人衝了過去。

她大喝一聲，踢退了攻擊妹妹的那個人！

「妳沒事吧？」在打退那個人之後，謝梓靈連忙詢問妹妹的狀況。

「我沒事……謝謝妳啊。」妹妹感激地道，「我們只是一起回到這裡而已，怎麼會有這麼多人出來迎接我們？」

59

「這個問題我們也想知道。」我在趕到他們身邊以後道。

「亦穎常！」「哥哥！」他們三個人同時高興地叫出聲。

「雖然有很多問題想問，但我們還是先離開這個地方再說吧。」我看著他們三人，雖然能在這裡重逢令人樂不可支，但我可不想在這裡被兩方的人圍毆。

「我們從原路回到三樓，大家盡量跑得低調一點，靠側邊走，遇到敵人以打退他為最優先選項。」阿源說完，帶頭往操場人比較少的側邊跑去，「小心一點！」

於是，阿源拿著太刀在前方開路，我拿著短刀護住後方，一行六人往三樓的方向跑。

在幾乎要抵達樓梯的時候，其中一名矮子看到了我們。「別想跑！」他大叫道，拿著一根鐵管揮過來。

「滾開！」阿源衝到矮子的前方舉起太刀，隨即把他握著武器的手臂斬了下來！

「你們這些混蛋，我們跟你拚了啊！」其中兩名學生看到那個人的傷勢，隨即憤怒地衝上前，各自拿著不同的武器由後方攻過來。

離他們最近的我，自然成了他們第一個攻擊目標。那兩人手執一片鐵片和一柄掃把棍前方綁著尖石的「槍」，揮向我的各個部位，我後退躲開槍的攻擊，並舉起短刀擋下鐵片，狼狽地抵擋著他們的攻勢。

在隊伍後方的潘菁妍見狀，趁其中一個人不留意，上前斬向那柄掃把的棍子，硬生生地把木棍斬斷！

「啊啊——！」我也在擋下鐵片的又一次攻擊後，半蹲身子衝到那個人懷中，舉起刀朝他的上身劈去，刀成功地把他斬翻在地，我們這邊也暫時安全了。

「跑，跑，跑！」我望向呆看著我們戰鬥的同伴們，憤怒地大叫道，雖然不知道攻擊人的是誰，但不論是哪一方，我們都會被誤認為他們的敵人，進而被整個勢力視為攻擊目標。

所以現在要做的，就是盡快離開這裡。

隊伍再次行進，也許是我們的人數比周遭的人還多，所以再也沒有其他人敢找我們麻煩。

就在到達二樓樓梯的時候，我看到了一張熟悉的臉孔，指揮著學生朝二樓教室的方向衝去。

「黃允行！」我叫道，那名學生會會長隨即轉過頭來，「到底發生了什麼事？為什麼你們和葉震霆會打起來？」

「這些人不知道為什麼，竟然曉得我們攻擊教師休息室的時間，在我們派遣隊伍出去、原本樓層的人數減少的時候，他們也帶著一大群人往我們的總部衝去！」黃允行道，「我明明只將出發時間告知學生會內部的幾個人，但葉震霆不知為何還是知道了！」

「就連你們也有內奸嗎……」我道。

「我們要離開了，祝你們好運！」阿源似乎不想讓自己牽扯進這件事情，道別以後就強行帶著其他人繼續上樓。

「等等！黃允行，也只能祝你好運了。」我嘆了一口氣，在這件事情上我們的確不屬於任何一方，所以我現在能做的事也就只有逃走。

「知道了……祝我好運吧。」黃允行看著阿源，微微地點了點頭。

於是，我們越過了黃允行的部隊，回到三樓的走廊。

看著那些跑到走廊邊緣的學生，我們躲進了其中一間教室關上門，這回真的安全了。

「那麼，我重新把剛才在下面想說的話再說一遍吧。」我看著從地道走出來的三個人，欣喜地道，「很高興看到你們回來，你們沒事真的太好了。」

「當然了，我們哪有這麼容易死掉。」妹妹笑著說，「倒是你，我看到你消失的時候，還以為你已經被擠成肉餅了。」

「這是對剛剛重逢的人應該說的話嗎？」我白了妹妹一眼，「倒是……為什麼謝梓靈會和你們在一起？」

「你認識她？」妹妹疑惑道。

「呃……他就是我在路上說的，在湖邊看到的人。」謝梓靈道，「現在看來，他應該也是妳所說的，與妳失散的那位哥哥。」

「世界真是小小小。」王亮端唱著。

「在那場閃爍過後，我發現你已經消失了，以為你已經回到地面，所以趕快往前方跑，看看能不能趕在你離開之前和你會合。」謝梓靈道，「怎知道，在跑的過程中，我看到前方路上有兩個人在走著……這就是我和王亮端他們相遇的經過。」

「可是，既然妳跑著出來，應該很快能回到地面才對。」我道，「特別是妹妹你們，現在已經過了三個多星期了，你們在裡頭看到了什麼，為什麼會花了和我一樣長的時間才回來？」

「三個星期？」妹妹和王亮端驚訝地道。

「可是，我和亦穎晴在閃爍過後並沒有做什麼啊，也只是在看到謝梓靈以後稍微停了一下而已……其餘時間都是朝著地道的出口前進。」王亮端道。

「我和你們做了同樣的事情，可是只花了一天就回來了。」阿源道，「事實上，梁俊聲和林小雯他們也花了同樣的時間進去，所以只能歸咎於那個地道的異常性了……」

「梁俊聲他們回到這裡了？」妹妹問道。「這些人為什麼又會打起來？」

阿源聽了，就把梁俊聲離開我們，以及學生會和葉震霆之間的事告訴妹妹。

「這三個星期之間，竟然發生了這麼多事……」王亮端道，並望向潘菁妍，「那麼，這個女孩又是誰？」

我看向潘菁妍，不禁苦笑起來，我該怎麼介紹她，難道跟他們說，這位是想殺我的人，但因為忘記了殺我的理由，所以留在這裡直到想起來為止嗎？

「各位好，我叫潘菁妍，因為某些原因，失去了某些記憶。」潘菁妍道，「只要恢復了記憶，我就能回想起殺死亦穎常的原因，也就能有憑有據地殺他了——所以在我回想起那個原因以前，我都會一直待在這裡，還請各位多多包涵。」

妹妹望向我，想要我告訴她另一個更容易理解的版本。

「呃，這就是她在這裡的原因。」她說的話的確沒錯，所以我也只能這樣說了，「各位要和她好好相處哦。」

60

「那麼，我們要回到校工宿舍去嗎？」妹妹道，「雖然我們並沒有到湖底去，但我們從謝梓靈這裡聽到相關的情報了，所以也大概知道裡頭有什麼……」

「我原本是想等你們回來之後再說的，所以我也不知道該怎麼辦。」我苦笑道，「阿源，你覺得呢？」

「現在這些人正在打鬥，我相信老師那邊也會有所行動。」阿源想了想以後說，「我們趁機會到那兩個地方去看看……我指的就是另外兩種霧飄向的地方。」

為了避免妹妹他們聽不懂，我特地再說了一遍黃允行發現藍霧的特性，以及那兩個可疑地方的事給他們聽，順道也把學校存在八樓的事情提了出來。

「……我現在越來越相信我們的確是在裡頭度過三個星期了。」謝梓靈道，「在那個地方，我們真的錯過了很多需要知道的事情啊。」

「我覺得也應該要去那裡，畢竟從藍霧的地方，我們找到了不少東西，我相信另外兩個地方也有著類似的線索才對。」我道，「只是不知道應該先從哪一個地方開始？」

「嗯，從難度上來說，到後山遠比到七樓要容易得多……」阿源分析著，「但是，七樓以上有那些被老師困著的、到過外面的人，我們不確定他們會在什麼時候死掉，所以如果我們早一點到七樓的話，或許可以知道更多的事情。」

「這樣啊……難道我們又要再做一次投票？」我苦笑起來，「不過，依常理來說，我們還是先去後山比較好，通常遊戲關卡都是由簡單的開始，對不對？」

「啪嚓。」

突然，門被一個人打開了。

我們一行六人望過去，都看到了那個人的長相。

「嗨，終於找到你們了。」

仇柏希。

「你來這裡幹什麼！」我憤怒地拿起武器，就是這個混蛋，把我們全部人打傷，還殺死黃俊傑的。

「你以為呢？」這回仇柏希竟然單獨一個人，身邊連個老師也沒有，「我是來清理剩下的人的，今天運氣不錯，一出門就遇到了全部的人，省得我找。」

「你還真是有自信，我們這裡可是有六個人。」阿源拔出了太刀，冷冷地道，「即使不是每個人都會打架，但我不認為你能長出八隻手與我們抗衡。」

「別忘了，在家政教室那一次，我也是以一對多的狀態下把你們全部擊敗。」仇柏希取出了開山刀，也是當天他在家政教室用的那一把，「我認為自己今天的狀態比上一次更好，所以現在把你們全部殺死應該不難。」

「自大可是有個限度的！」我舉起短刀喊道，與身後的阿源、謝梓靈以及潘菁妍同時往仇柏希的方向衝去。我揮刀就朝仇柏希的上身斬去。

仇柏希僅是斜斜看了我一眼，把開山刀一揮，就接住了我的攻擊，還以我斬過去的力量作為推力，瞬間撲到阿源的面前，手執開山刀攻向他。

「媽的！」阿源大驚，他手上的武器雖然能以更長的距離與敵人作戰，偏偏這類刀刃和大部分的長柄武器一樣，無法有效對抗來自極近距離的敵人，導致他瞬間陷入了無能為力的狀態。

「雖然不知道你是什麼人……」謝梓靈及時拿起鐵管打向仇柏希的頭，迫使他停止對阿源的攻擊，把心神轉移到她的攻擊上去，「但從你一見面就攻擊我們的態度來看，你這個人肯定不是什麼好東西！」

「是嗎？」仇柏希擋住謝梓靈的鐵管，瞬間向後退開，躲開潘菁妍的斬擊，此時我也看準機會，朝著仇柏希的身後劈下去！

就當我快斬到仇柏希的背部時，他卻如同背後長了眼睛一樣，提起腿朝我的心口踢來，我冷不防被他這一腿踢中，因此後退了好幾步。

接著，他便有如風車般一百八十度轉起身來，在改變方向的過程中衝向我，打算直取我的頭顱！

我見狀，也只能以短刀擋下這次攻擊，但開山刀的威力實在太大，打在短刀上產生了極大的聲響，還有傳至全身的震動。擋下這次攻擊後，我甚至有種「這把刀會在下一次使用的時候碎裂」的想法！

61

「啊啊啊啊——！」這個時候，阿源從身後接近，揮動太刀朝仇柏希的身上揮去，然而，仇柏希卻在刀幾乎要斬到他身上時再度躲過，而阿源那一刀也差點砍到我的身上。

仇柏希回到教室的中心，與我們其餘幾個人對峙著。

「這傢伙是背後長眼睛還是怎麼樣？竟然這麼能躲！」阿源咬咬牙，此刻我們三人正站在教室大門的前方。

「看來在這裡待了這麼久，技術進步了不少啊。」仇柏希看著我們，平靜地道，「我本來預設剛才會幹掉你們其中一人的，不過照現在的情況看來可能還要多花幾分鐘。」

「多花幾分鐘沒錯的，不過那個被幹掉的人是你！」我看了看其他人，他們頓時會意過來，隨即分成幾個方向同時往仇柏希衝去。

如果分開來打的話，的確不可能打得贏他，但只要我們在不同的位置攻擊，就算他再怎麼厲害，也不可能在同一時間處理這麼多的攻擊。至少那時候的我是這樣想的。

然而，仇柏希還是採取了我們意料不到的舉動。

仇柏希輕身一躍，跳到桌椅上，並一手翻起桌子，拋到我們行進的路徑上，而這個舉動也只是在我們打算衝上前的時間發生的。

看著向我們飛來的課桌椅，我只能選擇舉起雙手抵擋，就在把東西擋住以後，我看到仇柏希衝了上來，並對我說了以下的話。

「……來後山那邊吧，我在那邊等著你們。」

接著，仇柏希就從側邊衝過我，往大門的方向跑去。

「別想跑！」阿源舉起太刀朝仇柏希直刺，但他的速度還是太快了，我們連制止他的機會也沒有，就這樣目送著他離開。

原本沒有武器的妹妹和王亮端，也在仇柏希離開後走過來，看著愣在原地的我們。

「這根本就是怪物啊。」阿源苦笑道，「這種反應力、這種速度……他真的只是一位老師嗎？」

「早就知道他不是一般人了。」我道，「只是，你們剛剛有聽到他說的話嗎？」

「什麼話？」大家問道。

「就是剛剛他衝到我身邊的時候說的。」我道，「他說，要我們到學校後山找他。」

「找他幹什麼，與他決一死戰嗎？」阿源冷笑起來，「我看只是他明白再這樣下去他會打不過我們，所以才說了這樣的話而已。」

「但他說的偏偏不是別的地方，而是後山……」謝梓靈低吟道，「也是我們即將出發前往搜索的，兩個地方的其中之一啊。」

其餘的人聽到謝梓靈的話以後，都愣了愣。

「不管怎麼樣，這些地方都是我們必須要去的。」我道，「學校六樓以上的守備比其他地方要森嚴許多，我實在想不到任何不先到後山搜索的理由。」

「可是，仇柏希剛剛不是說要在那裡等我們嗎？」妹妹道，「那可能是陷阱？」

「我們也可以這樣想，為了不讓我們到那個地方，他才說出這樣的話來，想讓我們知難而退。」我道，「或者說，想而讓我們改變搜索的順序，先到教師休息室那邊，而他其實是在那裡等著我們……」

「說起來，他是怎麼知道我們要到那兩個地方去的？」王亮端提出了疑點，「難道他一直在監視著我們？」

「也可能是因為我們出來的時候太顯眼了。」我道，「只是，我們不可能因為他的一句話，就待在這裡什麼也不去做，就算他真的在那個地方等著我們，只要我們到那裡擒下他，就可以問他有關那個地方的事了。」

「我也認為不需要因為他一個人就害怕。」阿源舉起手來，「我沒有異議，就到後山看看吧，其他人怎麼想？」

其餘的人也沒有過多的猶豫，一個個跟著舉起手來。

「那就好，時間不早了，我們這就出發吧。」我說完就往門外走去，「希望我們能在太陽下山以前到達。」

然而，當我走到門口的時候，卻因為外頭的異動隨即退回教室。

「怎麼了？」身後的人看到我的模樣問道。

「有一大群人正朝著我們教室的方向走來。」我皺眉道，「因為白霧的緣故，他們還沒發現我剛剛走出去……但我想他們的確是往這個方向前進。」

62

我們回到了教室裡頭，輕輕把門關上以後，看著那一大群人接近，他們少說也有十多個人。

「我認得這些傢伙……他們全都是葉震霆那邊的。」阿源道，「他們不是還在和學生會那邊混戰嗎？為什麼會過來這裡？」

「我們繼續看下去吧。」我道，「現在還不知道他們的目的，先不要輕舉妄動。」

「那當然。」

我們從教室門的那片玻璃上看出去，只見他們仍然一步一步地朝我們的教室接近著。我握緊了手中的短刀，無論如何，和這些人碰上總沒有好事。

然而，當我們以為他們會過來這邊開門的時候，他們卻繞過這裡朝另一間教室走去。因為那群人已經離開了我們的視線範圍，所以我也只能憑聽覺判斷外頭的狀況。

「滾出來！」我聽見他們打開了教室的門，似乎把裡頭的人拉了出來。

「呃，這些食物，都是學生會他們發的……你們有需要可以跟他們拿。」

「不需要這麼麻煩，我們直接拿你們的就行！」

「……原來是搶劫嗎，還要挑中立地帶下手。」我道，「葉震霆那邊可能沒有像黃允行一樣，有無緣無故變出來的食物？」

「之前我以為每派首領都有充足的食物，現在看起來似乎並不全然是啊。」阿源道，「的確，我也只看過黃允行他們還有這樣的餘裕，能在維持人們需求的同時還提供食物，倒是葉震霆那邊，就沒有聽過他們這樣做……難道他們不知道，這樣做可以更容易收買人心嗎？」

「他們應該從來沒想過這個問題。」我道，「如果說學生會是秩序，那葉震霆那一派就是混亂……我相信這些跟隨葉震霆的人，也是看準了這一點才跟著葉震霆他們的。」

接下來，我們看見葉震霆那幫人，在搶過其他人的食物以後，又進入我們的視線範圍，往我們的方向走來。

「看來他們不把每間教室都搶光，是不會死心的。」我道，「我們怎麼辦？」

「怎麼辦？」阿源笑了起來，「你說呢？」

眾人躲到門側邊一排排的學生桌旁，準備發動奇襲。

我示意其他人等著，在這些人進來以後才開始攻擊。

門打開了，這些人一個一個地走了進來。

也許是因為白霧的關係，他們還沒有留意到躲在側邊的我們。

他們剛好看到教室前方放著一個個箱子，便上前想打開看看到底有什麼東西。

「就是現在！」

確認那十多個人都背對著我們的時候，我對他們發起了攻擊，並大叫示意要每個人都衝上前去。

我舉起短刀揮向其中一個人的喉嚨，大量鮮血隨著刀劃進肌膚的同時噴灑出來，而他也應聲倒下了。

我隨即拔出刀朝另一人攻去——時間非常寶貴，能多幹掉一個人就多一個人。

然而，那個人也已經發現了我們的存在，拿起鐵棒擋住了我的攻擊！

我眼角掃視隊友的狀況，他們都各自幹掉了一至兩名的敵人，雖然如此，對方的人數還是非常可觀。

但即便如此，接下來的動作使我們在這場戰鬥中占了上風。

「啊啊啊啊！」我撞向這些人，迫使他們往角落退去，而阿源他們也以包圍著他們的方式把他們強行撞到角落，才開始進行攻擊。

這些人自然不會輕易讓我們這樣做，我在撞過去的同時，也感覺自己的雙手出現了不少血痕，身邊的同伴也是一樣的情況。

但因為這些人被迫退到教室一角的關係，狹窄的地形無法使他們擁有人數上的優勢，他們怒吼著向我們衝來，試圖在攻擊我們的同時回到教室寬敞的位置，期望能奪回戰鬥的主導權。

然而，我們當中的一人，絕對不讓這些爪牙這樣做。

阿源提著太刀衝上前，朝著前方一整排的學生揮動過去。

手起，刀落。

雖然刀只是在劃到第三個學生的時候就停下了，但這一擊還是把所有試圖衝到外頭的學生頸部都劃出了一個開口。

真正的武器，使用起來果然有不同的效果。

「哇啊啊啊啊——！」

面對這樣的情況，這些人也只能發狂般通通往阿源的方向斬去，期望幹掉他以後能扳回現在的劣勢，但他們任何人手中的武器，都沒辦法在阿源斬到他們之前做出攻擊。
於是，阿源就這樣一來一往地揮動太刀，把這些擁上來的人一次一次斬翻。
我們待在側邊，封鎖阿源無法顧及的地方，攻擊這些人。
三十秒過後，直到最後一人倒下後，我們才無力地倒在一旁休息。
我身上少說也出現了二十個程度不同的傷口，唯一值得慶幸的是它們都不致命，但我還是感受到有如全身被撕裂的痛楚。
畢竟，我們可是幹掉了比我們多一倍的人啊。

63

冷靜下來以後，我們各自注視著這些屍體。
我們慢慢地回想起這些屍體的死因，心中因而生起一股異樣的感覺。
原本是逃難者的我們，卻在這種情況下成為另一批殘忍的殺手。
「……我們竟然殺了這麼多的人。」謝梓靈苦笑起來，「他們真的死了嗎？」
「沒錯。」我道，「從很久以前，我們就是這樣做的……早在家政教室的時候，我們就開始這樣做了。」

謝梓靈沉默下來，看著那一具具倒在地上的屍體。

我拿出了人像，查看上頭的文字：「等待送出：132」，數字還在增加著。

「看來外頭的那些人依然還在混戰啊。」我喃喃道，「我們趁機出去吧，和之前一樣，從三樓那邊出去，應該很快就能到達學校後山才是。」

眾人默默地點了點頭，一個個往教室門外走去。

我和妹妹是最後兩個離開的人，在快要走出門的時候，妹妹回頭望向這些屍體。

「……我們其實沒必要這樣子做的。」妹妹的聲線顫抖著，「他們也只是來搶食物而已……我們躲起來就是了，為什麼要趕盡殺絕？」

「我們不可能躲起來，因為他們已經走進來了，發現我們只是時間上的問題。」我安慰妹妹道，同時也是在安慰自己，「如果我們不這樣做，死的人就會是我們……這是必須做的事，只要在這個地方待著，我們就必須這樣做。

「走吧，不要再看了。」我帶著妹妹走了出去，並在離開的時候關上門。「為了活下去，我們必須變得和他們一樣殘酷……正因為我不想再這樣下去，所以才不斷想找出離開這個地方的辦法啊。」

我們一行六人，再次朝三樓的隱藏缺口走著。

原以為接下來的事情會很順利的。

然而，在我們快要到達的時候，卻發現前面有一大群老師在看守著。大約有七、八名的老師，封鎖住那個原本可以溜出學校的通道，即使在學校大門也沒看過這麼多老師，這讓我感到非常訝異。

「我們發現這裡有其他可能讓人溜出去的通道，所以這裡不再允許通行了。」站在最前方的老師以無神的雙目說著這段有如廣播般毫無高低起伏的話，「如果你們想到別的樓層去，請使用其他通道。」

「外頭有什麼危險？至少比這裡好多了！」阿源怒道，「到處都有人在互相殺戮，你們這些人知道嗎！那個姓仇的不是想把學生團結起來嗎？怎麼學生動亂以後，你們就像老鼠一樣躲回六樓去了？」

「仇主任說，已經沒有把學生團結起來的價值了。」老師道，「因為他們沒有這樣的能力，太多人只是會徒增生存的難度而已。」

我們愣了愣，「太多人只是會徒增生存的難度而已」，也就是說，這些老師是故意讓學生人數減少的。

「我在被這些人追捕的時候也曾經看到……」潘菁妍低聲道，「他們冷眼旁觀一群學生追殺另一名學生，直到把他完全殺死為止，這些老師甚至把其他能躲過這場騷亂的路封鎖起來，好讓所有路過的人都看到那個景象。」

我握緊了拳頭，怒視著眼前的老師們。

然而他們手上的武器，卻遠比我們所有的精良很多，體格也比我們不少人強，雖然沒有人像阿源一樣拿著類似太刀的利器，但以整體水平來說，他們還是比我們強大許多，完全不是那些葉震霆的同夥能相比的。

當然，要強行衝出這裡也不是太難，但我們真的有必要這麼做嗎？

「嗨，午安。」

突然，從身後傳來某個人的聲音，我們回頭望去，那個人正是鄧聰，學生會的成員之一。

「你們似乎很困擾啊……是遇到什麼煩心的事情了嗎？」鄧聰微笑著，「如果是和老師有關的事，我倒可以想辦法幫幫你們。」

我凝視著鄧聰，這個人明顯不是路過看到我們，想起有事要找人幫忙，才過來這裡這麼巧合，他肯定是特地來找我們的。

如果是這樣的話，那也可以推論，這件事只有我們這些人才能做得到。

「你想要我們做什麼？事先聲明，我們是不會做一些自殺任務的。」我道，「如果你提出的要求太難實現，我寧願找別的方法離開學校，也不會接受你的提議。」

「難不難，見人見智。」鄧聰道，抬起頭看著這些老師，然後對我們悄悄說道，「只是，這裡不太方便說話，你們願意跟我回學生會的總部嗎？」

64

在我們回到二樓的時候，才看到了學生會的慘況。

原先那堵「非常堅固」的牆壁已經倒下來了，總部內部也極為慘不忍睹，只見總部裡大部分學生都在修復附近的設施，或是為那些受傷嚴重的學生治療。

「黃允行呢？」我看來看去也看不見那位會長的蹤跡，於是問道。

「他帶著一群人去別的地方救助傷員了。」鄧聰道，「他不在的這段期間，這裡的大小事務都交由我負責。」

「那麼你要我們去做的事情，到底是什麼？」阿源毫不客氣地搬了張桌椅就坐下來，「很明顯，不會是件輕鬆的工作，對吧？」

「我說了，見人見智。」鄧聰道，「我也不強迫你們去做，我先告訴你們現在的情況吧。」

「這場混戰發生的原因，相信你們都知道了吧？原本是由我們會長計畫的，打算在今天找個時間攻擊葉震霆位於五樓的據點，藉此削弱他的勢力，至於為什麼他們會選同一天、在同一時間攻向我們的陣地，已經無從追究了，總之我們現在要做的，就是收拾眼前的這個亂局。」

「你們知道葉震霆現在在哪裡嗎？」鄧聰突然抬起頭問我們。

「……他到底在哪裡？」我反問他。既然他這麼問了，葉震霆總不可能在五樓教師休息室裡休息吧。

「他現在就在我們隔壁。」鄧聰指了指外頭，「他就在禮堂裡頭，跟他大部分的成員在一起，準備把整層二樓奪過來。」

我們愣了愣，不約而同地望向禮堂的位置。禮堂離我們只有十幾步的距離，只要他們願意，十秒內就可以跑到這個地方來。

「我想他們已經計畫了很久，我們大部分的攻擊部隊，都在四樓那邊被葉震霆的人前後包夾住了，雖然以他們的實力，要把那裡的人全數消滅再回到這裡不成問題，但是在時間上，這邊也很可能就這樣被這些人占據了。」

「還真是嚴峻的狀況啊。」我譏諷道，「你們不是攻擊的一方嗎？為什麼會比葉震霆他們還要狼狽？」

「已經不再是了。」面對我的嘲諷，鄧聰只是默默地接受，「我們現在兩邊都是攻擊的一方，兩邊都是防守的一方，而我們防守的問題比攻擊還要嚴重，這就是我們目前為止所遇到的狀況。」

「那你到底想要我們做什麼？」妹妹問，「既然你說現在如此困難，我們應該也做不了什麼事才對。」

「首先，基於人數差距太大的關係，我們不可能用正攻法來獲得勝利。」鄧聰道，「所以我們想到的辦法是，放火燒光整間禮堂來達到趕走他們的目的。」

「放火？」我驚訝地道，「你確定？」

「對，我很確定。」鄧聰道，「在這幾個星期中，他們已經記住了我們每一位成員的樣子，如果我們現在出去的話，他們就會馬上發現誰是他們的人，誰不是他們的人……你們明白了嗎？」

「哈，你他媽的真是在開玩笑。」阿源冷笑起來，「你為什麼不叫我們全身裝滿易燃物，然後跳進禮堂來一場自殺式襲擊？這和叫我們去放火燒光禮堂有什麼分別？」

「分別就在於後者的生還機率非常高。」鄧聰說，「你們只要把火種扔進去然後點火就行了，整個過程最多只需要十秒鐘，只要你們不在眾目睽睽的情況下做這件事，他們連發覺你們身分的時間也沒有。」

「……可是，你這樣做，就算把他們趕跑了又如何？」謝梓靈問，「整間禮堂都燒光了，你們即使奪回來也沒有什麼用處……更何況，真的有必要做到這種地步嗎？」

「有，因為葉震霆在這裡。」鄧聰道，「如果這一場火可以令他死亡，整個二樓燒光我們都再所不惜。只要這個混亂的源頭一死，剩下的學生才有可能重新投靠我們，只有這樣大家才能再度團結起來。」

鄧聰說到這裡的時候，意氣非常高昂，可見連他自己也很認同這句話。

我們面面相覷，不知道該如何選擇。

「……是不是只要在裡頭點火就行了，不問結果？」為了使交易的天秤往自己的方向傾斜，我決定問清楚行動的細節。

「對，只要你能夠在禮堂裡生起火，我們就為你們打開一條離開學校的路。」鄧聰點點頭，「我知道你們已經非常焦急，而我也一樣……所以，今天晚上行動的話，我明天就能帶你們離開，如何？」

我望向其他人，看看他們決定怎麼做。

「投票吧。」阿源道，「就像上一次一樣，也能確保我們不會因為這個決定而內鬨。」

「好吧——那麼，決定去放火的人，請舉手。」

包括我在內，一共有四個人舉手了。

「你剛剛不是說這和自殺式襲擊沒有分別嗎？怎麼最後又同意了？」我笑著問阿源，他也是其中一名投同意票的人。

「如果這個人沒有說謊的話，那的確是非常安全的。」阿源道。

「那就這樣決定了。」我對鄧聰道，「放火的東西在這裡嗎？」

「謝謝你們，這樣我就能放心了。」鄧聰微笑道，命人把東西拿過來。

這天晚上，我們拿著鄧聰提供的燃油和打火機，把東西收進懷裡。

「為什麼我和王亮端不能去？」妹妹不滿地道，「我也可以幫上忙的！」

「至少不是這件事。我不想見到妳受傷啊。」我摸了摸妹妹的頭，這樣反而使她變得更為惱怒。

「呃……鄧聰，你可不可以幫我看好這兩個小孩？」我對鄧聰道，「把他們留在這裡就可以，不要讓他們溜出去。」

「我可不太擅長照顧小孩啊。」鄧聰有些為難道，「不過我盡量吧。」

妹妹聽到我們兩人之間的對話，更是想衝上前打我一頓。

「算了吧。」王亮端連忙攔住妹妹，「太多人去的話，只會提高被別人發現的機率，我們還是留在這裡等他們回來吧。」

「難道你不生氣嗎？」妹妹問道，「他把我們當成小孩耶！」

「妳的確是啊。」王亮端說完，就開始躲避妹妹的攻擊。

確認他們不會到處亂跑以後，我便離開學生會總部跟外頭的隊友會合。

「準備好了嗎？」

阿源、謝梓靈和潘菁妍都早已在外頭等著。

「準備好了。」我道，「我們出發吧。」

65

由於從禮堂望去就能看到學生會總部的情況，所以即使有白霧存在，我們還是要多加小心，不能被任何人看到我們是從學生會總部走出來的。

我們迅速跑到另一間教室，幸好沒有被任何人發覺，只要從這間教室走出去，就算被葉震霆的人發現，他們也不會認為我們是學生會的人，這樣便可以安心地開始行動了。

「好，為了避免大家忘記，或是記憶混亂，我在這裡說明一下禮堂的『地勢』。」我道，「禮堂呈長方形，有兩道門，一道是正門，另一道是側門，我相信兩道門都有人看守，所以要偷偷從那兩道門進去比較困難。」

「所以，就必須從靠側門邊的那一排窗戶爬進去了。」阿源把我的話接下去說，「禮堂左邊的走廊都是窗戶，所以只要我們靠著窗戶爬進去，就可以在不被人察覺的情況下溜進禮堂了。」

「對。」我點頭，「我們大致上就是照這個方法來行動——你們有人有異議嗎？」

「沒有，就這樣辦吧。」潘菁妍道。

「我還有一個問題……我們溜進禮堂以後，該怎麼做？」謝梓靈問，「裡頭的人比待在這裡的還要多，所以我們應該沒辦法在進去以後不遇到任何人。」

「這就是我接下來要說的了。」我拿出兩件大衣讓謝梓靈他們穿上，「我們要假裝成他們的其中一份子，慢慢地走到禮堂中心去放火，剛好這幾天比較冷，在這裡穿上學校的禦寒衣物也不會被人懷疑。」

「是這件衣服嗎？真懷念啊。」謝梓靈說著穿上了大衣，大衣掩蓋了她身上的便服，使她原本醒目的穿著變得低調。

「你也要，我們就不用了。」我也把大衣交給了阿源，「要是四名同時身穿大衣的人走進去，還是會引起別人懷疑的，但是因為你也穿著便服，所以必須把它穿上。」

「行了、行了，裝學生是吧。」阿源說完就穿上了大衣，「我看起來像嗎？」

「不像，不過沒關係，反正現在滿街都是不像學生的學生。」我道，「那麼我們開始吧，從這裡慢慢走過去，一路上不要說話，到側門最盡頭的那扇窗去。」

我們一行四人從教室走了出來，慢慢朝著禮堂的側門走去。

「看到那些人的時候，不要和他們對看，但也不要別過頭去。」我提醒道，「分散前進，保持低調，我們不會被發現的。」

於是，我們朝禮堂側邊的走廊前進，以盡頭為目標，繞過一個又一個的人。

一路上雖然有不少人以疑惑的眼神看著我們，但是由於我們的演技成功發揮作用，加上周圍白霧的掩護，我們並沒有遇上什麼麻煩。

於是，我們慢慢地來到了走廊的盡頭，成功爬進禮堂的內部。

才一進入禮堂，就發現大部分的人都坐在角落吃東西，側邊是大量的箱子，箱子裡頭裝著食物，應該就是從三樓搶回來的。

我帶頭走向這些食物箱，果然放火還是燒軍糧比較好。

現在剛好是吃飯時間，所以我們裝成過去拿東西吃的人，也沒有人懷疑我們的身分。

為了確保我們下手的時候沒有其他人在，我們特地繞成一個圈，確認附近沒有人以後，才走上前慢慢開始工作。

我向阿源使了個眼色，阿源隨即會意過來，便站在食物堆前方擋住其他人的視線，讓我能安心倒油。

而潘菁妍和謝梓靈則裝作在一旁拿食物，同樣蹲在食物箱旁掩護我。

我把油從懷中取出來，正打算把油倒下去的時候——

突然，一隻手從右方出現，捉住了我的手臂。

「有入侵者！」何卓鴻大叫道，「你從外頭溜進來的時候我就一直在注意了，還好我認得你這傢伙的模樣！」

禮堂裡的人聽見，紛紛往我們的位置望過來。

「何卓鴻？你這傢伙不是已經被仇柏希殺掉了嗎？」我驚愕道，「為什麼會在這裡！」

「我到葉震霆這邊來了，這裡吃好住好，快活得很。」何卓鴻獰笑道，「倒是你們，很快就要和美好的生活說再見了！」

何卓鴻說完，拿出鐵管揮向距離他最近的謝梓靈。

「是嗎？」我拔出刀往何卓鴻的左手斬去！

短刀斬在何卓鴻的手上，瞬間血花四濺！

「啊啊啊啊啊！看著自己流血的手，何卓鴻驚慌地大叫著，「你這畜生，我要跟你拚了！」

何卓鴻說完就想攻向我的頭顱，但我立即衝上前，把刀刺進了他的心臟。

「欺善怕惡，這是你應得的。」語畢，我把刀拔了出來，何卓鴻也在拔刀的同時倒下了。

66

當我幹掉何卓鴻的時候，周圍的人已經開始封鎖通道了。

「沒想到竟然會在這種地方看見偷東西吃的老鼠。」禮堂中心的一個人朝著我們的方向走來，我這才知道他就是大家所說的葉震霆。

這個比一般學生要高出半個頭的人，以看著螻蟻般的眼神對我們說道。「還有四個，看來今天鼠患挺嚴重的啊。」

「你自己不也是到處去搶食物嗎？有什麼資格說我們。」我佯裝鎮定地笑了起來，開始打量有沒有逃離的方法。

這裡少說也有三、四十個人，但不僅是那兩扇門，就連窗戶都被鎖住了，我們無處可逃。

「算了，我今天心情不錯，就給你們一個選擇吧。」葉震霆以眼角掃了謝梓靈和潘菁妍兩眼，然後說道，「你們把那兩個女的留下，我們就讓你們兩個走。」

葉震霆說完，周遭就傳來一連串難聽的笑聲。

謝梓靈和潘菁妍聽了，不禁反感地皺起眉。

「我們果然是和一群強盜在打交道啊。」阿源嘆了一口氣，「災難也在無意之中令許多人露出他的本性。」

「怎麼樣？你意下如何？」葉震霆問，「如果你願意的話，我可以保證你和那個男學生能活著走出這裡……那兩個女的你也可以放心，我們會好好『照顧』她們的。」

「……我倒是有別的想法。」我想了想，決定依照自己的計畫去做，「我聽說你在學校是最能打的，我早就想領教一下了，不如我們來打一場如何？」

聽到我說這番話，包括阿源他們以及場上的眾人都愣住了。

「打？我和你？」葉震霆訝異道。

「對，就是在一對一的情況下，我們來打一場。」我冷靜地說，「如果我贏了的話，你就要讓我們離開這裡。」

葉震霆看著我一會兒，然後狂妄地大笑起來。

「啊哈哈哈哈！」葉震霆邊笑邊拍著手，「你？就憑你一個人，你覺得能在我手上活多少秒？」

「怎麼了，如果你不敢的話可以說，我不會為難你的。」我微笑道。

「這種低級的激將法，少在我面前用了。」葉震霆揮了揮手，聲線也恢復往常的低沉，「只是……如果你真的想和我打，就要照我的規矩做。」

「閣下的規矩是？」我問道。

葉震霆走到禮堂的角落，拿起放在那邊的一樣東西，那是販賣部用來輔助學生排隊的鐵杆。

那鐵杆少說有半個人高，但是當葉震霆揮舞它時，卻好像我們把玩匕首一樣容易。

葉震霆揮動著鐵杆，並把尖銳的一端指向我。

「我的規矩是，只要打起來，就要見血。」葉震霆道，「或者說，至死方休！」

「……老兄，你確認你要這樣做？」阿源在我身後低聲說道，「我不認為你能打得贏他。」

「……所以這只是我計畫裡的第一步。」我拚命控制音量，讓話語能成功傳給阿源的同時，又不會讓他以外的任何人聽到，「待會兒趁大家的注意力都集中在這裡的時候，你帶著其他人快跑，回到學生會那邊找救兵！」

「如果要打的話，把那兩個女的留下。」葉震霆好像預先知道我想做什麼一樣，「分出勝負以後，我們再決定她們的去向——我可不想讓戰利品偷偷溜走啊！」

這回，就連我也忍不住皺眉了。

「怎麼樣，打還是不打？」葉震霆瞪大眼睛，「如果你現在後悔的話，我不會怪你的，因為你從一開始就已經選擇了一條錯誤的路！」

「打，當然打。」我悻悻地道，「現在就打，立刻就打！」

「好！」葉震霆雙手握緊鐵杆，「兄弟們散開！像平時一樣到角落看戲去！我們要用盡這禮堂的每一處空間！」

我側目望向阿源，在葉震霆說要留下謝梓靈和潘菁妍的時候，他早就找到空隙離開了，所以現在只剩下我們三個人而已。

由於這些人都抱著看好戲的心態，加上阿源的存在感也是略低，所以誰都沒有留意到這裡少了一個人。

我握緊了手上的短刀。在阿源找到幫手以前，我必須與此人周旋到底！

67

眾人都退至場外，只有我和葉震霆兩人在場中心待著。

「開始吧。」葉震霆道，「為了避免你說不公平，讓你先來吧。」

「什麼意思？」我問道，「你的意思是要我先出手嗎？」

「當然！」葉震霆哈哈大笑，「來吧！」

「好……」我想了想，決定先往後方退，在葉震霆看來，我就像是突然消失在迷霧之中一樣。

「老大，他在這裡！」身旁的人指出我的位置。

「我不需要你們的提示！我要一場公公平平的戰鬥！」誰知道，葉震霆卻罵了那個人，「只要你一日不離開這個地方，我就能找到你把你打成肉餅！」

我冷靜地打量著葉震霆的位置，並在他走過來的時候，開始朝他的背後移動。雙方的體格差距太大，正面與他對抗根本不可能有勝算，好在他是那種純粹的「力量型」打手，論敏捷度以及速度，我都略勝他一籌。但真正取勝的關鍵，還是我從地道出來以後突然強化的視力。

在禮堂上，白霧仍然四散著，這使得葉震霆無法看到遠處有什麼人。

對我來說就是另外一回事了，我從更遠的地方就可以看到葉震霆的動作，從而做出相應的措施，幸好他選了這麼廣闊的場地打架，也不讓他的手下提示我的位置，要知道，這兩者只要缺少其一，我就沒有取勝的機會了。

此刻，我位於葉震霆的正後方，無聲地接近著。

我的打法是類似「打帶跑」的形式，趁葉震霆不注意的時候衝到他面前對他造成傷害，然後再次回到迷霧之中，以這樣的形式，不斷消耗葉震霆的耐力，使其戰鬥力減低。如果幸運的話，我甚至可能打贏他。

此刻，我和葉震霆也只剩下兩三步的距離而已，我做了個深呼吸，然後一口氣衝上前，打算以短刀斬向葉震霆的背部。

然而，葉震霆像是背後長了眼睛一樣，在我幾乎要碰到他的時候，轉身向後退躲開了我的攻擊，同時拿起鐵杆朝我的頭頂擲下去！

「媽的！」我連忙往左方翻滾，也聽到了鐵杆打在地上所發出的如同小型炸彈爆炸般的聲響。

「你最好停下來跟我正面決鬥。」葉震霆不耐煩道，「我最不喜歡用這種方式對打。」

此刻，我又再一次離開了他的視線範圍，嘗試尋找另一次的機會。

也不知道這傢伙到底是怎麼辨認出我的位置的，明明我已經選擇從後方攻擊，他竟然能在我攻擊前察覺到我，並同時做出相應的攻勢。

這個時候，葉震霆突然發難，朝著一個方向衝過去，用力地揮舞他手上的鐵杆橫掃四周。

這是我見過最滑稽的攻擊方式，卻出乎意料的有效。

我看到被看守著的謝梓靈和潘菁姸，都以焦急的眼神望著我的方向。

雖然現在他橫掃的是與我位置完全相反的地方，但我實在是想不到當他揮動到我的位置時，我又該往哪裡逃。

那是因為鐵杆的攻擊範圍實在是太大了，甚至比阿源的太刀還要長上少許，揮動著這樣的東西，只要站在場上的其中一邊，就能攻擊到半個場所內的敵人。

眼看他揮動鐵杆發現沒有任何人以後，便轉身往我的方向走來，邊走邊揮動著。

我吞了吞口水，我必須在他這次「掃瞄」完成之前做點什麼，不然就會真的像他說的一樣，被打成肉餅了。

我全神貫注算著葉震霆揮動鐵杆的頻率，準備在他攻擊的空檔，衝到他身後再次發起攻擊。就像先前在家政教室對付仇柏希一樣，我默默地數著那傢伙揮動鐵杆的時間。

見到他離我越來越近，他應該也能看到我的樣子了。

「哪裡逃！」發現我以後，葉震霆隨即興奮大叫，手中的武器也因此有了一絲遲疑。

就是現在！

「啊啊啊啊啊——！」我衝過葉震霆，並在越過他的瞬間轉身揮舞短刀，直對著他的後背再次攻去！

「嗚哇！」由於手中的鐵杆仍然在前方揮動，葉震霆沒有及時拉回來擋住的時間，就這樣硬吃了我一記斬擊。

我在得手以後立即再次後退，回到迷霧中不斷地喘著氣。

「你這混蛋！我一定要幹掉你！」反倒是葉震霆在受傷以後，絲毫沒有表現出一個受傷的人應有的狀態，反而更加地有侵略性。

只見他往我逃離的方向衝過來，在看到我臉的瞬間就揮下了鐵杆！

68

這次，因為我還在喘著，根本沒有再次躲開的時間與能力，我只能舉起短刀擋住自己的要害，接下鐵杆的攻擊。

身為一個有常識的人，我自然知道在這種情況下強行接下攻擊會有什麼結果，所以在擋下攻擊的同時任由身體向後退，以此緩和那一棒的力度。

但是，這攻擊的威力還是太大了。
原本以為只要倒退幾步就能穩住身體的我，卻有如炮彈般被彈到場地的邊緣，被那些「觀眾」推回來以後，我看到葉震霆又再一次地朝著我的方向衝過來。
唯一值得慶幸的是，短刀竟然沒有因此碎掉，先前已經受過仇柏希一次攻擊，現在再受一次威力如此巨大的攻擊竟然也沒事，我真該寫信去讚美這把短刀的製造商。
「你有完沒完啊！」我對著原路衝回來的葉震霆使出了一記掃堂腿，或許是急著想要殺死我的關係，葉震霆的步伐並沒有非常穩固，就這樣被我掃中後向前倒跌了幾步，才又重新穩住身子。
趁著這段時間，我也重新站穩，提起刀開始在葉震霆周圍繞圈，打算尋找下一次攻擊的機會。
「吼啊啊啊啊啊！」也許是因為連續攻擊我兩次都沒有對我造成什麼傷害，葉震霆變得更憤怒了，「你有本事就給我滾出來！做男人不要偷偷摸摸的！」
「你有本事就來找我啊。」這一次我從右方跳到葉震霆旁邊，舉起短刀想先攻擊他的一隻手，減少他的平衡能力。
葉震霆見狀，以短刀為目標揮動鐵杆，兩種武器相撞甚至擦出了火花！
論力量我根本比不上這名狂人，在兩種武器相碰的瞬間，我就被那股衝力撞了出來，但由於這次我早就預料到會有這種情況出現，所以雙腿用力地站穩，向後退的同時還拖出了兩條鮮明的痕跡，之後總算站穩了腳步。

「小子……我不知道你是怎麼辦到的，但你真有種，非常的有種。」葉震霆看著我。在戰鬥途中竟然還能給對手評語，葉震霆這個人還真是個切切實實的戰鬥狂啊。

「別說這種像是小組討論快結束時，強行替其他組員收尾的話。」我舉起刀，「還沒玩完呢。」

「當然，當然！」葉震霆也再一次舉起鐵杆，「我知道你還沒玩完！但很快你就不會這樣說了！」

我原以為葉震霆想要用鐵杆做出什麼新奇的招式，誰知道他僅僅只做了一件事情而已——就是把鐵杆往我的身體扔過來。

「哇啊！」我連忙躲開了鐵杆，再望向葉震霆，只見他不知什麼時候已經戴上了一雙拳套，不是那種帶軟墊，打起來不痛的那種，而是關節有尖刺、打下去一定出血的那種拳套。

「我剛剛用的是對付一群敵人的武器，現在使用的是對付單一個人的武器，情況更加適合。」葉震霆獰笑道，「作為我的對手，你竟然能看到我為一個人專程挑選武器，你應該感到榮幸才是！」

「是嗎？那我需不需要寫封感謝函謝謝你？」我譏諷著。

「這種東西，就留到地獄的時候再寫吧！」葉震霆說完，就衝到我的前方揮拳打過來。

糟了，他的速度快了很多！

我不禁擔憂起來，剛才我之所以能與他打成平手的原因，就是因為我以速度和視野上的優勢，讓他無法攻擊到我，現在他速度變快了，我的視野能力也變得毫無意義。

但即便如此，我還是不死心地想繼續用短刀攻擊他，看看能不能再對他造成任何傷害，但他衝上來就一拳打在我的身上，使我差點咳出鮮血。

「死吧！」

葉震霆在說話的同時，還想要揮出第二拳。

就在這個時候，我一直期待的救兵終於到了。

只見黃允行和鄧聰、阿源他們，帶著一行三十多名學生從禮堂正門殺了進來，並一路幹掉那些還未從襲擊中反應過來的葉震霆手下。

「我們的主力部隊回來了！」鄧聰叫道，「不想造成大量犧牲的話，就帶著你的人滾回四樓去！」

「……故意捉住我好戰的這一點，來為學生會的主力部隊爭取時間嗎？」葉震霆看著我，眼神簡直就像是想把我吞掉一樣。

「沒錯。」我點了點頭，「葉震霆，你完了！」

「……哼。」

原以為葉震霆應該會發瘋，誰知道他什麼也沒有做，就這樣默默地帶著其他人離去。

「我認得你，你叫亦穎常是吧？我們還會再見面的。」葉震霆在離開時說道。

看著這些人一個個離開禮堂，我終於鬆了一口氣。

潘菁妍、謝梓靈也從這場騷亂中逃了出來，走到我的身旁。

69

「呃，謝謝你……」謝梓靈走上前，不知道該說什麼，過了一會兒才道，「如果你不在的話，我們不可能逃得出來的。」

「別忘記，其實是因為何卓鴻發現我，才害我們出了這麼大的差錯。」我道，「所以妳根本不用感謝我，事實上，妳應該討厭我才對。」

「……雖然做法和預設的有著很大出入，但我們還是得到了最後的成果，在不費一兵一卒的情況下奪回禮堂，亦穎常，你應該記最大的功勞。」黃允行走上前，用力地拍了拍我的肩膀，「你真的不想加入我們學生會嗎？」

「不了。」我搖頭，「我們現在也有地方要去。你應該記得我們的約定吧？」

「當然了。」鄧聰上前道，「如果你們想出發的話，隨時跟我說就可以了，不過你們真的不想先休息一下嗎？」

我聽了也只能苦笑起來，的確，雖然我身上沒有任何明顯的傷痕，但因為撞擊而造成的暈眩還是有的，如果可以的話，我更想就這樣躺在禮堂先睡一會兒再說。

「亦穎常他剛剛拚命拚了這麼久，也需要休息的，我們今天晚上就先睡一晚吧，明天出發。」阿源道，「不過老實說，我看你今晚不用睡了。」

「為什麼？」我不禁問道。

＊＊＊

我現在知道為什麼了。

我從來沒想過，我竟然可以在變成戰場的學校裡，享受到身為學生的樂趣。罰站。

「你最好站直一點，不然今晚就別想睡了。」妹妹插著手，指著我的腰說道。

「為什麼啊？我剛剛才和另一個人拚命啊，你們這麼多人之中，最需要休息的人肯定是我！」我無力地喊道，「妳到底是有多恨我，才會叫我做罰站這種滅絕人性的事啊！」

「就是因為你和別人拚命，所以才要你罰站！」妹妹氣呼呼地說，「你以為自己是誰？就算你是全校最會打的那一個，也不應該在這樣的情況下跟別人打起來，更何況你根本就不是！」

「我還能怎麼辦？」我只能無奈地攤手，「難道就這樣丟下大家不管嗎？在那種情況下，我根本沒有其他的選擇！」

「難道你不明白我想說什麼嗎？我的意思是，你根本可以避免這件事發生！」妹妹憤怒道，說完就回到了教室裡，「你今晚別想進來了，進來我也會把你踢出去！就在這裡好好反省吧！」

啪！門關上了。

「這個惡魔……等我回到現實世界的時候，一定要讓她好看！」我抱頭道，「好睏啊……」

「終於結束了嗎？」這時潘菁妍打開門，從裡頭走了出來。

「對，結束了。」我點點頭。

「她還是挺擔心你的，只是沒有用直接的方式表達而已。」潘菁妍說。

「這個我當然知道……但我還是想睡覺啊，我怕我明天到了後山那邊，會睡死在路邊的某棵樹上。」我坐下來，並迅速閉上了眼睛。

「……」潘菁妍沉默著，雖然我知道她仍然在這裡，但她就是沒有說話。

「怎麼了？」我問道。

我知道她不可能無緣無故從教室裡走出來的，這裡只是二樓，又沒有星星看，出來這裡一點意義都沒有。

「沒什麼，只是想起了一些比較無所謂的事情而已。」潘菁妍道，「就是在今天，你向葉震霆發起挑戰的時候，我就回想起這件事了。」

「回想起什麼？」我連忙問道，如果是有關這裡的回憶，那應該是非常重要的情報才對。

「就說了，只是一些比較無所謂的事情而已。」潘菁妍尷尬道，「和現在的事情沒什麼太大的關聯——就是我記得你在很久以前也曾經為我做過類似的事而已。」

我不禁愣住了。

腦海裡有種非常異樣的感覺，有些事情我應該記住的，即使記不住，也應該有類似的回憶才是。

但不知為什麼，我就是忘記了，不，不是忘記了，是「失去」了，失去了相關的記憶。

「妳的意思是，我曾經在很久以前，就像今天一樣，為了保護妳和別人打起來？」雖然自己說出來非常尷尬，但為了確認，我也只能這樣問。

「對，但那也只是我的感覺而已。」潘菁妍苦笑道，「感覺你好像做過這樣的事，但記憶裡頭沒有。」

我聽完再也沒有說話，和潘菁妍一起望著走廊上的牆壁，慢慢的，我終於睡了過去。

78

當我醒過來的時候，已經是第二天早上了。

「早安啊。」我睡醒不久後，潘菁妍也跟著醒過來，躺在地上伸著懶腰向我打招呼。

「早。」我道，「其實妳不用陪我一整晚的，回去裡頭睡就好。」

「其實只是我不小心睡著而已。」潘菁妍道。

我突然發現自己的身上蓋著一件大衣，於是把它掀了起來。

「這是妳的嗎？」我把大衣遞給潘菁妍，「謝了。」

「咦？不是我的啊。」潘菁妍愣了愣，然後道，「會不會是裡頭的人給你的？」

「應該是了……那個人倒是也給妳一件啊。」我碎碎唸著，「還是那個人只有這一件而已？」

「反正我也不冷。我們去看看其他人睡醒了沒有。」潘菁妍說完，打開門走了進去。

我走進教室，大家依然睡著，阿源非常享受地把學生桌堆成一張大床，自己睡在上頭，王亮端則是躺在兩張學生椅上，妹妹和我一樣躺在牆邊，而謝梓靈則是坐著椅子趴在桌上——非常有學生氣息的一種睡法。

「都給我起來，天已經亮了！」我自然不會讓他們好過，這也是為了報昨晚趕我出去、以及看著我被人趕出去的仇。我衝上前用盡全身力氣大吼著，然後一口氣把睡得最誇張的阿源推下來。

「哇！你他媽的到底在幹什麼啊？」阿源被我這一推，倒在地上頓時驚醒，在看到凶手以後，差點沒把手邊的太刀拔出來斬人。

「平常我妹妹都是這樣叫我起床的。」我笑道，「怎麼樣，是不是非常感動呢？」

「這種既溫馨又親切的方式，就請你向當事人做一次。」阿源指著仍然睡著的妹妹，「我又不是你的妹妹。」

聽到阿源的慘叫以後，大家也一個一個醒過來，只有妹妹仍然睡著。

我走近了妹妹身旁蹲下，然後把大衣蓋到她身上。

「快醒醒。」我認為自己叫人起床的方法非常有創意，別人都是掀披子叫人起床的，我則是把披子蓋到睡覺者的身上。

妹妹的眼角動了動，緩緩地睜開眼來。

「這個還妳。」我把大衣交給妹妹，微笑道，「謝謝了。」

妹妹睡眼惺忪地看了看那件大衣。

「嗯。」她說完，有點靦腆地把大衣收起來。

「大家都醒了嗎？」阿源站起來做了做伸展動作，然後問其他人，當他四處打量的時候，發現大家其實都已經站起來了。

「……很好。」阿源乾咳了幾聲，「那我們現在出發去找鄧聰那傢伙吧。」

找到鄧聰以後，他和黃允行一起帶著我們回到三樓，在這裡我們依然遇到了那些站在三樓缺口的老師。

「前方已經封鎖了，不允許任何人進入。」這些老師看到我們走近，連忙說道。

「我們是仇老師叫來的。」黃允行上前道，「他們要我們出去找些東西，所以我們可以通過。」

我臉上雖然仍保持鎮定，但其實正暗地裡吃驚著，如果黃允行可以這樣說，那就證明他和這些老師仍然有著一定程度上的密切關係。

「好吧……不過會不會太多人了？」老師點點頭，但在看到我們的人數以後，還是忍不住問道，「你們要找什麼東西？」

「我們要找的東西，可是非常龐大的。」黃允行嘴角微微向上揚，「而且也非常重要，所以這個人數是必要的。」

「這樣啊……那你們通過吧。」老師道，「只要是仇主任允許的，應該沒什麼問題。」

於是黃允行便帶著我們，一個個走出了走廊。

「我們只能送你們到這裡了。」黃允行道，「學校後山的路你們應該知道吧？只要沿著這道樓梯一直往上走就行了。」

「當然知道。」我道，「但我還想問一件事：你和這些老師還有往來嗎？為什麼你剛剛可以……」

「不然你以為我是從哪裡得來那麼多食物的？」黃允行道，「雖然我也搞不清楚這些老師是用什麼方法變出那麼多食物，但為了讓學生會的人活下來，我只好暫時和他們訂下一連串的協議，取得這些食物。」

「你問到這裡，我倒是想起來了。」鄧聰拍了拍頭，「你們完成搜索回來以後，千萬別跟任何一名老師說我們是在知情的情況下帶你們出來的，因為我們的協議裡有著『不要探索外界』這一條。」

「他們不讓你們探索外頭？」我問道，「為什麼？」

「誰知道。」鄧聰攤手道，「總之千萬不要說。」

「時間差不多了，我們也該回去了，畢竟禮堂那邊還有很多需要收拾的殘局啊。」黃允行道，準備和鄧聰回到學校裡，「那麼，祝你們好運。」

「再見。」跟黃允行他們道別以後，我們就把視線轉移到樓梯的最頂層。我們看到的，是那座巨大而深不可測的樹林。

「我們走吧。」我和其他人一起往樓梯的上方走去，「希望這裡也有著什麼值得我們走一趟的東西。」

後記

那傢伙說，如果沒有寫後記的話，就不會買我的實體書。

這樣，也就只能勉為其難地寫了。

各位好，我是百無禁忌，《走不出的學校》的作者。

原本是想談談故事靈感來源的，但是一打出來就會嚴重劇透了，只能放到下集再說。

那麼，該說些什麼才好呢？

封面上畫的都是書中的一些主要角色，不知道你們認出了多少個？

還有另一半的人都躲在下集的封面，如果你兩本都買了，試試看把它們靠在一起吧。

對了，剛剛想起一件非常重要的事。

這個故事和我其他的故事，都有相連之處。

不，倒不如說，這從頭到尾都是同一個故事——我說的是《劍與魔法》系列，它們和這個故事，都是建基於同一個世界觀。

除了《劍與魔法》系列以外，還有《螺旋路》、《全世界的人都消失了，就剩我一個人》，這兩個規模相對較小的故事，也是這個世界的成員之一。

如果有看過的話，應該可以看出它們之間的關係才是。

如果沒有看過，可以到一個叫「紙言」的網站去看。當然，有看過會比較有趣，沒看過也無關痛癢。

提一件為此而沾沾自喜的事情。

我從一月一日開始寫這部故事，直至二月十日結束，四十一天的時間，可說是突破了我的速度紀錄。

全書二十二萬字，也就是說，平均每天要寫五千多字才行。

到了後期，每天十二小時待在電腦前不斷打字，已經是家常便飯的事情了，也不只一次看到螢幕出現搖晃的現象，我相信搖晃的是我的視野，而不是螢幕本身。

但我還是非常高興的。

最主要的，是因為有一大群在網站上追看這個故事的網友們。

我可以非常肯定地說，這個故事的連載速度變得這麼快，絕對是因為有你們在的原因，如果你曾經在網上看過這個故事，請容許我在這裡跟你道謝。

不厭其煩地還要說，要道謝的，還有買了這本書的你。

不論你是基於什麼原因買了這本書，對我來說都是一份支持，這話聽起來雖然老土，但我還是希望在這裡多說一遍，謝謝你讓我多了一份活下去的資本。

因為，只有活著才能有ＤＰＳ。

百無禁忌

二〇一四・三・十一・香港

SMART 18

INK PUBLISHING 走不出的學校（上）

作　　者　百無禁忌
總 編 輯　初安民
責任編輯　施怡年
美術編輯　林麗華
校　　對　施怡年

發 行 人　張書銘
出　　版　INK 印刻文學生活雜誌出版有限公司
新北市中和區建一路249號8樓
電話：02-22281626
傳真：02-22281598
e-mail:ink.book@msa.hinet.net
網　　址　舒讀網 http://www.sudu.cc

法律顧問　巨鼎博達法律事務所
施竣中律師
總 代 理　成陽出版股份有限公司
電話：03-3589000（代表號）
傳真：03-3556521
郵政劃撥　19000691 成陽出版股份有限公司
印　　刷　海王印刷事業股份有限公司

出版日期　2015年 7 月 初版
ISBN　978-986-387-025-8

定　　價　260元

國家圖書館出版品預行編目(CIP)資料

走不出的學校／百無禁忌作. --初版.
--新北市：INK印刻文學, 2015. 07
2冊；14.8×21公分. --（Smart；18-19）
ISBN 978-986-387-025-8（上集：平裝）. --
ISBN 978-986-387-026-5（下集：平裝）

857.7　　104003111